ハヤカワ文庫 SF
〈SF1751〉

宇宙英雄ローダン・シリーズ〈374〉

発信源グロソフト

ハーヴェイ・パットン&クルト・マール
林 啓子訳

早川書房
6652

PERRY RHODAN

DIE KÖRPERLOSEN VON GROSOCHT

RAPHAEL, DER UNHEIMLICHE

by

Harvey Patton

Kurt Mahr

Translated by
Keiko Hayashi
First published 2010 in Japan by
HAYAKAWA PUBLISHING, INC.
This book is published in Japan by
arrangement with
PABEL-MOEWIG VERLAG GMBH
through JAPAN UNI AGENCY, INC., TOKYO.

目次

発信源グロソフト……………………七
謎めいたラファエル…………………一三五
あとがきにかえて……………………二六一

発信源グロソフト

発信源グロソフト

ハーヴェイ・パットン

登場人物

ペリー・ローダン…………《ソル》のエグゼク＝1
フェルマー・ロイド…………テレパス
グッキー…………………………ネズミ＝ビーバー
ブラム・ホーヴァット………《クロンダイク》艦長
ジョープ・ベルトリ…………《クロンダイク》乗員
フィルナク………………………惑星グロソフトの住民。帆船《グラガン》船長
プレシュタン……………………同船員
エルウィシュ……………………同船員
ケシム……………………………惑星グロソフトの住民。看守

1

その物体はまるで幻影のように、なんの前触れもなく、恒星間の虚無空間に出現した。すこしずつではなく、ある瞬間にいきなりあらわれたのだ。

とはいえ、驚く者もない。周辺宙域に生命体は存在しないから。もよりの恒星までは一光時ほど。七惑星をともなうスペクトル型G1の黄色恒星だが、その物体を照らしだすには遠すぎた。

物体はさまよっているかのような慣性運動をつづけている。このひろい宇宙では砂漠の砂粒のような存在だが、それでも直径百メートルほどはある。じつは高性能の球型宇宙船で、数千光年の距離を航行できるのだ。

宇宙船の名は《クロンダイク》。惑星名クラスの軽巡洋艦SZ＝1＝K14だ。母船はペリー・ローダン指揮下のダンベル船《ソル》で、半光年はなれたところにある。

《クロンダイク》はリニア航行でここまで移動し、任務遂行の準備にとりかかっていた。

だが、艦長のブラム・ホーヴァット少佐はこの任務にとくに魅力を感じていたわけではない。幅広の顔に赤毛のがっしりとした大男は、冒険好きの四十五歳。かれにとり、たんなる偵察飛行などおもしろいはずがなかった。おまけに、重要な役まわりは同乗の客人に託されている。新ミュータント部隊隊長フェルマー・ロイドとネズミ＝ビーバーのグッキー……ローダン配下のエリート・ミュータントだ。ふたりとも有名人だが、それでも任務が退屈なことに変わりはない。

軽巡洋艦の乗員六十名はこの遠征に興奮したが、ホーヴァットだけが違っていた。そうはいっても任務は任務。まっとうしなければならない。おもしろいかどうかはまったくべつの問題だ。

《クロンダイク》艦長は真剣に職務を遂行し、本心を顔に出さないようにつとめた。まずまずの出来だったが、いつまでもかくしおおせるものではない。まして、グッキーを艦内に迎えては、とうてい無理な話である。おまけにこの有能なテレパスは他者に敬意をはらうことを知らないのだから！

たっぷり一秒もあれば、ネズミ＝ビーバーには充分だった。しかし、艦長の本心を公表するつもりはない。グッキーはにっこりと一本牙を見せると、無言でフェルマー・ロイドの隣りの席についた。目の前にひろがる星系を探知機器がすみずみまでチェックしていく。《ソル》がすでに遠距離探知機器で調査ずみだが、それでも現場での再確認をおこたるわけにはいかない。〝用心深いテラナーはつねに長生きする〟という言葉を、若い乗員たちもよく心得ている。

《クロンダイク》中央司令室のメンバーは、抜群のチームワークで任務を遂行した。十分後、ホーヴァットは成型シートを回転させると、新ミュータント部隊隊長に向かい、

「まったく反応ありません、ミスタ・ロイド。この星系に宇宙船が存在しないのは確実です。残存放射も確認できませんでした。さらに、星系の七惑星でもコンヴァーターのたぐいや同様の機器は作動していません。百パーセントの確信を持っていえます」

「九十九パーセントだよ!」ロイドに口を開くひまもあたえず、グッキーが訂正する。

困惑した表情で見つめる艦長に、わざとゆっくりうなずくと、

「だってそうでしょ、少佐。なんらかのエネルギー供給装置があるに決まってる。でなきゃ、第二惑星から異言語の非常シグナルが発信されるわけがないもの」

ブラム・ホーヴァットはしぶしぶうなずいた。フェルマー・ロイドがとりなすようにほほえみながら、

「よろしい、少佐、それで充分だ。《ソル》と回線をつないでくれ。飛行をつづける前にチーフと話したい」

回線はすぐにつながり、ペリー・ローダンの特徴のある顔が3Dヴィデオ・キューブ

にあらわれた。ハイパーカムの受信装置を通じてミュータントふたりに軽くうなずき、

「なにか進展はあったか、フェルマー？」と、たずねた。ロイドはかぶりを振り、

「とくになにも、サー。例の発信機のほかには、この星系には高度に発達した知性体の存在を示唆するものはありません」

ローダンは灰青色の目を軽く細め、

「原因がなければ結果もない、フェルマー。かならずなにかがあるはずだ。自動発信の非常シグナルだとすれば、持ち主は姿を消したかもしれない。とはいえ、第二惑星に漂流した宙航士が助けをもとめた可能性もある。そこまで出向き、原因を究明するのだ。われわれ、ここで待っている」

「まかせといて、ペリー」ネズミ＝ビーバーが突然、会話に割ってはいった。楽しそうに牙をむきだしながら、「グッキーがいるところに謎はない。知ってるでしょ？」

ペリー・ローダンはたしなめるように、

「ただし、よけいなことはするな、ちび。面倒な騒動に関わるひまはないのだから」

グッキーはわざと大げさに息を吸いこみ、本気で怒っているふりをした。イルトをよく知らない中央司令室の乗員たちが表情をこわばらせる。

「長いつきあいじゃないか、ペリー！　ぼくのこと、よくわかってるくせに」と、最大の侮辱をうけたかのように応じる。ローダンは軽くほほえんだが、目は真剣なままだ。

「よくわかっている。だからこそいうのだ、ちび。フェルマー、計画どおり第二惑星でなにが起きているのかをつきとめ、場合によっては救助活動にうつれ。もちろん、SZ＝1＝K14に危害がおよばない範囲で。よろしいか？」

フェルマー・ロイドはうなずき、グッキーは口をかたく閉じた。あの有名な一本牙はもう見えない。《クロンダイク》の乗員八名の面前で侮辱されたと感じ、こんどは本気で怒ったのだ。

いつか名誉挽回してやる。グッキーはそう心に誓った。

＊

「戦闘態勢にうつりますか？」ブラム・ホーヴァットがたずねた。フェルマー・ロイドは同意せずに、

「警戒態勢で充分だ、少佐。当艦を危険にさらすような未知の生命体が存在する兆候もない。まず、ジャグプルⅡから三千万キロメートルのポジションに移動し、そこでようすを見よう」

子供に名前をつけるように、星系にも名前が必要だ。ロイドはそういって、この星系を〝ジャグプル〟と名づけた。名前は艦載ポジトロニクスに記録され、《ソル》に帰還後、セネカに転送される。こうして、座標データが永久保存され、必要なときにはいつ

でも探しだせるというわけだ。

《クロンダイク》の艦載ポジトロニクスには、ここでの活動に必要なデータがすべてそろっていた。セネカとセタンマルクトが事前に準備したものである。数秒もたたないうちに、進入コースがはじきだされた。偏流の修正まですんでいる。

《クロンダイク》はただちに出発。プロトン放射エンジン六基が作動した。ジューテリウム使用の旧式インパルス・エンジンの後継機種で、最大加速価は毎秒毎秒八百キロメートル。これにより、わずか三分強で半光速に達する。

そこでウルトラコンプ＝リニア・エンジン二基が作動し、リニア空間に潜入。数秒後、通常空間にもどったときはすでに一光時を移動し、目標の第二惑星がすぐそばに見えた。ただちに探知機器が作動。第五惑星の公転軌道までの近傍宙域を走査したが、やはり、未知の宇宙船やエネルギー放射は探知されなかった。ただ、非常シグナルだけが大幅に強まっている。

ジャグプルⅡから発信されているのはまちがいない。発信源は北半球。次に、位置の特定が開始された。

予想どおり、酸素惑星である。

直径は一万四千二百六十キロメートル。地球より大きいが平均重力は一・〇三Gで、比重は地球よりもちいさい。恒星からの距離は一億三千万キロメートルで、黄道傾斜角はほとんどゼロ度である。つまり、この惑星には四季がないということ。地表の平均気温は二十四・六度。大気中の酸素濃度は二十三・四パーセントときわめて高い。

中央司令室の乗員は迅速かつていねいに作業し、数分後には必要データを得た。航法士のキャス・ベルゴル少尉がデータを艦長に提出。ホーヴァットはそれをフェルマー・ロイドに見せた。

「このまま着陸しても、とくに問題はないようですが」という艦長の報告に、新ミュータント部隊隊長もうなずく。このとき、ネズミ＝ビーバーのようすを気にかける者はひとりもいなかった。いつもとはうってかわって、しずかだったのだが。

ロイドは艦をジャグプルⅡの周回軌道に乗せるよう、ホーヴァットに指示しようとした。そのとき、ふとグッキーに目がいった。思わずぎくりとする。精神的にも肉体的にもタフな相棒がこのような状態にあるのをはじめて見た。

グッキーは震えていた。艦内コンビネーションからのぞく、たいらな尾の先まで。麻痺したようにシートに沈みこみ、目を閉じたまま、なにかのテレパシーを探っているようだ。ときおり、まるで強い痛みを感じるかのごとく、全身を痙攣《けいれん》させる。フェルマー・ロイドに緊張がはしった。

これまでテレパシー・セクターを意図的に止めていた。乗員の発する思念にじゃまされたくなかったから。急いでブロックを解いたとたん、強いテレパシー放射を感じた。

内容まではわからない。知性体によるものだというのはまちがいないが。

　ジャグプルIIでだれかが強力なインパルスを発している！　非常に発達したテレパスにちがいない。だが、なにを考えているかは、この経験豊かなミュータントにもわからなかった。混乱したインパルスにかくされた意味を探ろうと努力する。

　艦長の問うような視線を感じたが、無視した。グッキー同様に目を閉じ、通常感覚をほとんど遮断する。ロイドはテレパスにして探知者でもある。脳波パターンをキャッチし識別できるのだ。しかし、この相手の脳がどのようなものかをしめす情報はまったく得られない。すべてが異質なのである。

　ふたたび目を開ける。艦長もグッキーの異常に気づいたらしく、

「医療ロボットを呼びましょうか？」と、心配そうにたずねてくる。ロイドはかぶりを振ると、ネズミ＝ビーバーの意識に潜入して情報を得ようとした。だが、徒労に終わる。未知インパルスの激流に触れたグッキーの意識は完全な混乱状態におちいっていた。

　さすがのロイドにも打つ手が見つからない。

《クロンダイク》はゆっくりとジャグプルIIに接近していく。中央司令室の乗員は担当作業を終え、ミュータントふたりを不安そうに見つめた。フェルマー・ロイドは周囲の意識から大きな困惑を感じとり、次の行動に出た。

　ネズミ＝ビーバーの肩をつかみ、軽く揺すってみる。なんの反応もない。相《あ》いかわら

ず震えながら、うめき声をあげている。危険な状態だ。もう一度揺さぶると、こんどは反応があった。

震えはとまったものの、ちいさな顔がひきつっている。目を開けたが、うつろな視線を漂わすだけだ。それでも、時間とともにすこしずつ顔の硬直が解け、その目にようやく生気がもどってきた。

「どうしたのだ、グッキー？」と、声をかける。ネズミ＝ビーバーはふたたび震えはじめたが、かろうじて口を開き、

「ひきかえせ。ただちにひきかえすのだ！」と、ほとんど聞きとれない声で弱々しくささやいた。「ここから立ちさらなければ、ロイド。さもないと……」

「さもないと？」と、聞きかえすが返答はない。グッキーは全身をはげしく痙攣させ、そのまま成型シートに沈みこんだ。意識を失ったようだ。

「早く、医療ロボットを！」フェルマー・ロイドが叫ぶ。いわれるまでもなく、すでに艦長は動いていた。数秒後にはロボットが到着。

イルトの代謝データを保持している医療ロボットが、ただちに適切な処置をとる。まず、ネズミ＝ビーバーの頭と腕にセンサーを装着。入手データの解析には数秒しかかからない。センサーをしずかにとりこむと、かわって処置アームを作動。高圧注射器のノズルをグッキーの首筋にあて、軽い音をたてながらアンプル内の薬物を血液に注入した。

医療ロボットは患者からすこしはなれ、経過を観察。不穏な空気が場を支配する。計器類や、目標星系が鮮明にうつしだされた全周スクリーンを気にする者もない。この数百年のあいだに、ペリー・ローダンと同様、ネズミ＝ビーバーはテラナーのシンボル的存在となっていた。だれもがグッキーのことをよく知っている。人類に多大な貢献をもたらしてきたその能力についても。

もし、グッキーになにか重大な問題が起きて死ぬようなことがあれば、どうなるか……だれにも想像できない。

フェルマー・ロイドのひろい胸が重苦しい呼吸にあわせて動いた。額には玉のような汗が浮かぶ。むずかしい選択を前に、容易には答えが出せない。《クロンダイク》には明確な任務があるが、ネズミ＝ビーバーの容体は深刻だ。しかも、朦朧《もうろう》とした意識のもとで、グッキー自身がジャグプルⅡ任務の中止を訴えた。どうするべきか？

考えているあいだに、問題はおのずと解決した。グッキーのちいさな胸が上下する。深く息を吸いこむと、目を開けた！

まだ弱々しいが、その目は完全に生気をとりもどしていた。自分が周囲の視線を一身に集め、医療ロボットまで待機しているのを見て、驚いたようだ。容体は急速に回復。一本牙を恥ずかしそうに見せたとき、その場の全員が安堵の息をついた。

「よかった、ちび！」と、フェルマー・ロイドがうれしそうに声をかけた。「みんな心配したのだぞ。《ソル》にもどろうかと考えたほどだ」

グッキーは軽く手を振り、

「もう大丈夫だよ」と、すわりなおした。「そこのブリキの連中を追っぱらってよ。ぼくにはもう必要ないから。ジャグプルⅡに向かおう。ほかに選択の余地はないよ」

ロイドは驚いて相棒を見つめた。

「さっきはまったく正反対のことをいっていたぞ。どうにか意識をとりもどしたとき、おまえさんは〝ひきかえせ〟と主張した。どちらが正しい？　おまえさんを麻痺させた未知のインパルスはどうなった？」

ネズミ＝ビーバーは肩をすくめ、

「なにもいったおぼえはないよ、フェルマー。ただのうわ言でしょ。まともにとりあう必要はないさ。ところで、ひどくお腹がすいたんだけど、保存用ニンジンかアスパラはないの？」

《クロンダイク》の乗員たちは笑い、医療ロボットはちいさな音をたてて司令室を出ていった。だが、フェルマー・ロイドはおさまらない。

「ジャグプルⅡから発せられた、あのテレパシー性インパルスはなんだったのだ？」と、はげしく迫る。「ちび、なにか変だぞ！　わたしにはまったく理解できなかった。そのうえ、おまえさんが完全にやられたのだ。あれはなんだった？」

グッキーはよく知られたあの無邪気な目で見つめ、「なんでもないさ。ぼくを信用してくれなきゃ」と、自信たっぷりに応じた。「インパルスは謎の発信機があると予想される地点から出ていた。でもあんな思考インパルスははじめてだ。ぼくが窮地に追いこまれたのはたしかだけど、だからこそ興味があるのさ。惑星に飛んで、原因を究明すべきだよ！」

ロイドはグッキーの思考を読もうかと考えた。だが、ネズミ＝ビーバーはいつでも思考をブロックできるし、読まれるのを嫌がるのは明らかだ。しかたなくあきらめ、艦を惑星の極軌道に乗せるようホーヴァットに命じた。そこで観察をつづけよう。

軽巡洋艦はすぐに飛行を開始。艦内はふたたび平穏な空気につつまれた。とはいえ、フェルマーは納得していない。今回にかぎってはグッキーを完全には信用できなかった。ネズミ＝ビーバーは、なにかかくしているのではないか。真相はわからないが。先ほど帰還を迫ったのには、わけがあるはず。未知インパルスの影響にちがいない。ところが、次には主張を百八十度転換した。なぜだ？

グッキーは過去にこのインパルスと接触したことがあるのか？　そうは思えない。ここは故郷銀河からあまりにも遠くはなれている。それに、もしそうなら自分にもわかったはず。

友はうまそうに大きなニンジンにかぶりついているが、ロイドはすっきりしない。解釈のしかたで、どういうふうにも考えられるとはいえ……

2

水上の朝霧がゆっくりと晴れていく。恒星が水平線からわずかに顔をのぞかせ、その放射で深い霧が消えた。前方に見えるのはクノサウルの港だ。馬蹄《ばてい》形の湾がひろがり、陽光に照らされている。

ほぼ満潮となり、《グラガン》はおだやかな波に揺れていた。全長三十メートル、幅八メートルの帆船で、ここグロソフトでは立派な船といえる。

船は遠くはなれたベシュラ大陸を出発し、二千マイルの航海をへてここまでやってきた。昨晩到着し、クノサウルの目前で錨《いかり》をおろしたのだ。帆はすべてたたまれ、船乗りは長い航海の疲れを癒している。

船長をはじめ、ほとんどの乗員がまだ眠りについていた。コックが厨房に立っているほかは、若い船乗りふたりが左舷の手すりのそばにいるだけだ。前方の町をじっと見つめる顔つきは暗い。それは霧のせいばかりではなかった。

「なんとも奇妙な土地だな！」プレシュタンはそういうと、海を漂う朽ち木につばを吐いた。「多くの土地を見てきたが、こんなところははじめてだ」

「奇妙なのは住民で、土地じゃないぞ」と、エルウィシュが訂正し、骨ばった手で透きとおるような髪をなでた。ゆっくりと横を向き、厚いまぶたを閉じながら暖かい陽光を顔に浴びる。エルウィシュをふくめ、グロソフトに住むトナマーは全員、霧がつくりだす寒さが苦手なのだ。一年じゅう春がつづくこの惑星では、当然のことだが。

プレシュタンも同様に横を向き、うなずいた。

「まったく理解できない」と、不信感をこめてつぶやく。「これまで、おれたちはどこに行っても歓迎されてきた。船の積み荷はどれも好評で、商人たちはこれ以上ないほどよろこんだもの。だれもがうまい話をほしがるから、ちょっとした情報に対しても充分な見返りがあった。おぼえてるか？　ホルマルシュに到着した晩、でぶのグルムモルがこっそり船にやってきたときのことを」

エルウィシュがにやりと笑う。色黒の顔の肉垂が無数のしわをつくった。

「忘れたくても忘れられないさ、友よ！　ほかの仲間が歓楽街に向かったあと、おれたちふたりは見張り役として船にのこっていた。でぶは欲に目がくらみ、苦労も厭《いと》わずここまでボートを漕いでやってきたんだ。気のいいおれたちは、あいつを船にあげてやったな。賄賂をたくさん持ってきたし。こっちのアドバイスがよっぽどうれしかったのか、注意散漫になり、帰りに縄梯子を踏みはずして……」

プレシュタンは喉の奥で低い笑い声をたてながら、

「まったく、あれは見ものだったな。しずかにしてりゃいいものを、やつは港じゅうをびっくりさせるほどの大声で助けをもとめた。おかげで、町の笑い者になったばかりでなく、船長とのとりひきもおじゃんってわけさ」

エルウィシュはゆっくりとうなずき、

「もっと早くに泳ぎをおぼえておきゃ、あれほどの悲劇にはならなかったのにな。さて、話をもどそう。おれたち、どこの港でも歓迎されてきたが、ここクノサウルだけは違う！　入港させたわけだから、積み荷を必要としているのはたしかだ。ところが、まるで伝染病患者に接するような態度じゃないか。接岸するな、海上で錨をおろせだと。そのうえ、夜どおし見張りを立て、だれも船から出ないよう監視するとは！」

プレシュタンは目を見ひらき、岸壁をさししめした。すっかり霧が晴れ、はっきりと見える。

「数は減ったが、まだ見張りがいる。なんか理由があっておれたちを疑っているらしい。だが、なぜだ？　五十日かけて二千マイルを航海してきた船乗りの望みくらい、クノサウルの住民にだってわかるはずなのに」

エルウィシュはあきらめぎみにため息をつき、

「まさにそのとおりだ、プレシュタン！　おれたちの望みは、ふたたび大地を踏みしめること。歓楽街をうろつくこと。高くてもそれだけの値打ちがある女の寝室にもぐりこむこと。だが、ここにゃそれがなにひとつない」

「聞いたかぎりじゃ、歓楽街さえないらしいぞ」と、友が相槌を打った。「見張りの目をすりぬけて上陸した連中は、ひどく失望したようだ。一部は船にもどらず、完全に消息を絶った。船に帰ってきたやつは口をそろえていったもの。クノサウルの住民はまったく奇妙な連中ばかりで、快楽とは無縁だとさ。まじめなうえ、まるで強大な敵に包囲されているみたいに、いつも憂鬱そうにしているらしい。ここだけじゃなく、大陸じゅうのどの港も似たようなもんだとか」

「だが、昔は違っていたらしいぞ」と、エルウィシュがあとをひきとる。「噂によれば、以前はおれたちとたいして変わらない生活を送っていたとか。ある日突然、変化があったらしい。それ以来、よそ者を拒むようになったという。当時、大陸じゅうに建てられた神秘的な建物と関係があるようだ」

「ひょっとしたら、新しい神を祀《まつ》ったんじゃないか?」と、プレシュタンが気だるそうに、「そう考えれば納得もいく。僧侶ってやつらは、信者に教えを守らせるためならなんでもするからな。どう思う?」

エルウィシュは否定するように笑い、手すりにとまろうとした海鳥を追いはらった。

「ま、そんなところだろう。もっと正確にいうなら、やつらは船乗りよりもひどい。神を敬えといいながら、その神を利用して集めた金で私腹を肥やすんだからな。もちろん例外もいるだろうが、大半はそうだ」

「一度、真相をつきとめるべきだな」突然、プレシュタンがまじめくさっていった。エルウィシュは相棒をいぶかしげに見つめ、

「なにがいいたい?」と、不安そうにたずねる。プレシュタンはにやりと笑い、挑発的に応じた。

「いつからそれほどものわかりが悪くなった? 神や僧侶なんぞ、恐れちゃいないだろう。クノサウルでなにが起きたのか、つきとめようぜ。おもしろそうじゃないか。ひょっとしたら、次にここにくるときはもっと歓迎されるかもしれない。その可能性は充分ある」

「たしかに、やってみる価値はあるかもな」しばらく考えたあとで、エルウィシュが同意した。「そのためにはまず上陸しなければ。むずかしいぞ。見張りの存在を忘れるな。連中が昼夜を問わず監視しているのは、まさに上陸を阻止するためなんだから」

　プレシュタンは軽蔑するようにかぶりを振り、

「それはたいした問題じゃない。やつらは湾内しか見張ってないから。夜に灯《とも》される松《たい》明《まつ》を見りゃわかるが、外海にはまったく注意をはらってないんだ。そこがチャンスさ。ひき潮になるのを待てばいい。見つからないように船を降りたら、うまく潮に乗ってま

ず湾の外に出る。そこから陸をめざすんだ。朝までには服も乾くだろうから、怪しまれることなく町にはいれるぞ！」

「よそ者だとばれるかもしれない」エルウィシュが懸念を口にすると、友は否定的に手を振りながら、

「よほどばかなまねをしなけりゃ、その心配はないさ。クノサウルの人口は二万人だ。知らない人間がいても、だれも不審には思わんだろう。じきに港湾長がやってきて、荷おろしがはじまる。そのさい、ここの住民が作業にあたるはずだから、その行動パターンを研究すればうまく化けられるはずだ。それとも、おじけづいたか？」

エルウィシュは考えこんでいたが、やがて顔を輝かせた。友の肩をたたくと、

「おもしろそうだな。よし、乗った！　ひとまず船長を起こそう。港湾長のボートがこっちに向かってくるぞ。話のつづきはまたあとで！」

＊

「全員、海に沈めてやる！」手すりのそばでフィルナクが興奮してつぶやいた。隣りにいた航海士は驚いてその顔を見つめる。こんな船長を見るのははじめてだ。

フィルナクはおだやかで冷静沈着な男である。ちょうど働き盛りの年齢だ。卓越した技術を誇る船乗りというだけでなく、有能な商人でもある。無数の商談をこなすうちに

身についた揺るぎない沈着さは、ほとんど生来の性格となっていた。これはどんなときも役にたつ。乗員に対しても同じ態度で接し、これまで船内をうまく仕切ってきた。

ほかの船長なら威厳をたもつために大声で命じるような場面でも、フィルナクはおちついていた。それでも乗員はしたがう。部下は全員、フィルナクをほかの船長以上に尊敬したもの。冷静な外見の下にある聡明さを知っているから。強い男をよそおう必要はなく、ただ自然にふるまうだけで、だれもがついてくる。

だからこそ、船長の激しい怒りに航海士は驚いたのだ。フィルナクは、あっけにとられる部下をしりめにつづけた。

「クノサウルの連中がなにを考えているのか知りたいもんだ!」と、苦々しく吐きすてる。「きのう、船にきた港湾長は、おれをまるで掃除夫のようにあつかった。高級ワインを断っただけじゃなく、友好的な言葉なんぞひと言もいわん。それどころか、禁止事項をならべたてるしまつだ。連中の必需品を運んでくるわれわれをなんだと思ってるんだ?」

「それほどひどかったので?」と、航海士。船長は憤慨したようすでうなずき、

「さまざまな港を見てきたが、これほどひどいところははじめてだ。入港航路が杭で極端に狭められてるのも尋常じゃない。それだけなら海賊の襲撃対策と見ることもできるが、あのシェルカーのやつときたら! これではっきりした。バシュトル、われわれ、

もう二度とクノサウルを訪れんぞ!」

航海士が答えるひまはなかった。ボートが《グラガン》についたのだ。

横幅のひろい不格好なボートに漕ぎ手が六人。さらに、港湾長のそばに五人がひかえていた。全員が矢をつがえた弩《いしゆみ》で武装している。まるで船を乗っとりにきたようだ。

バシュトルは先ほどの船長の言葉を理解した。

フィルナクの指示でプレシュタンが縄梯子をおろすと、シェルカーが乗船してきた。

港湾長は大柄でがっしりした体格のトナマーである。仮面をかぶったように硬い表情をしていた。挨拶がわりに手をあげるが、肉垂はぴくりとも動かない。

「積み荷の検分にきた、フィルナク船長。良品のみを購入する。わたしをだまそうとしてもむだだぞ。船倉に案内するのだ」

船長は抵抗しても無意味だと悟り、ひそかに歯がみしながらしたがう。クノサウルの住民はあつかいにくいと聞いていたが、これほどとは思わなかった。これまでの交渉相手の多くは商人で、自由で陽気な雰囲気のなかで酒を酌みかわしながら商談を進めたもの。いっぱい食わせようとする連中ばかりだが、手口を熟知していたから、最終的にはいつもこちらが一枚うわてだった。しかし……

ここのやつらときたら!

シェルカーは一時間ほど、船倉内をほぼ無言で検分してまわった。この男、あらゆる分野の専門家のようで、ごくちいさな欠陥も見逃さない。貴重なヴェルナクの毛皮百枚を購入リストから削除したのは、なかの一枚に一ヵ所だけ毛のない部分を見つけたからだろう。ふつうの商人なら、文句なくひきとるにちがいない。かなりの大儲けが期待できるのだから。

検分に同行したエルウィシュとプレシュタンは、驚いて視線をかわす。ところが、そのあとの驚きのほうがはるかに大きかった。

港湾長がこちらの要求どおりの価格をうけいれたのだ！　若い船乗りふたりは思わず目をむいた。どれだけの儲けが転がりこむことか！

商売上手なフィルナクは、大幅な値引きをしても損しない価格をあらかじめ設定していた。値引き交渉をまったくしないとは、クノサウルの住民は極端に無愛想なだけでなく、おろか者にちがいない。

シェルカーが船を去ると、エルウィシュがこの考えを口にした。しかし、フィルナクはかぶりを振り、

「連中はばかじゃない。それはおれが保証する。提示額で買うしかないのさ。さもなけりゃ、だれもここまで荷物を運んできたりせん。寄港する船なぞめったにないんだろう。見てみろ。いま港に停泊している異国船は、われわれの《グラガン》だけだ」

半時間後、積み荷を降ろす作業がはじまった。

船は百メートルほど沖合に錨をおろしたため、渡し板をかけることができない。作業員はボート十二隻を漕いで《グラガン》に乗りつけた。ごくふつうの頑強な男たちだが、どこか港湾長と似ている。ただ黙々と、とりつかれたように作業にあたるのだ。

手間のかかるやり方だったので、最後の積み荷を降ろしたとき、すでに周囲は暗くなっていた。シェルカーは船にやってきて代金を支払うと、ただちに出港するよう要求。船長は男の話が終わるまで待ち、いつものおだやかな態度とは正反対の口調で、

「これまでは黙っていうことを聞いてきた、シェルカー。しかし、もうたくさんだ。海の悪魔もあきれるぞ。何様のつもりだ。はっきりいおう。これまで出会ったなかで、あんたたちはもっとも無教養で不作法な連中だ。まともなトナマーなら、こんな態度はとらんはず」

その場の空気に緊張がはしる。港湾長は烈火のごとく怒り、腰の長剣に手を伸ばした。一方、バシュトルはベルトにさした短剣をぬく。

フィルナクはかまわず、同じ口調でつづけた。

「あんたたちが何者か興味はあるが、とりあえずは立ちいらんでおこう。われわれ、ここにくるために、五十日以上かけて二千マイルの航海をしてきたんだ。食糧も水も底をついているから、必需品を補給する必要がある。それができなければ、《グラガン》が帆をはるもんか。わかったか？」

シェルカーは怒りのあまり、われを忘れたように見えた。顔の肉垂が興奮のせいで震えている。航海士は短剣を手に、相手を注意深く見つめた。すると、いきなり状況が変わった。

港湾長がぬきかけの長剣を鞘にもどしたのだ。顔からは一瞬のうちに怒りが消え、ふたたび無関心な表情で口を開いた。その声は冷静で、まるでべつの人間が話しているように聞こえる。

「よし、船長。そちらのいいぶんはわかった。もう一日、ここにとどまってもよろしい。必需品はわたしがとどけさせよう。すぐにリストを用意してくれ」

航海士と同様、フィルナクも相手の突然の変化に驚いた。だが、持ち前の機転ですぐに対応する。十分後にはリストができあがった。それをさしだすと、シェルカーは無言でうけとり、もったいぶった足どりでキャビンを出ていく。

フィルナクは港湾長の下船を見とどけると、部下に向かって、

「遅くなったが、きょうじゅうにかたづける作業があるぞ。デッキの掃除だ。シェルカーが通ったところは徹底的にきれいにしろ！」

船乗りたちはうなずき、ただちに作業にかかる。フィルナクは褒美として一同にファルモアひと樽をふるまい、自分もいっしょに飲んだ。ふたたび《グラガン》にいつもの調和がもどる。だれも口には出さないが、思いは同じだった。もう二度とクノサウルに

はくるものか！

一時間後、一同はキャビンにもどり、デッキから人影が消えた。見張りは必要ない。港の見張りがふたたび持ち場につき、船を出る者だけでなく、近づく者も監視しているから。船長にとってはまったく好都合だ。

真夜中になると、エルウィシュとプレシュタンがこっそりデッキに出てきた。計画はかたまっている。

酒をほとんど口にしなかったので、しらふの状態だ。日中、クノサウルの作業員たちを注意深く観察したおかげで、うまくまねる自信もある。ふたりとも、ここの住民が好みそうな地味な服を身につけた。この点でも、クノサウルは特異である。ふつうのトナマーは派手な服を好むもの。

ふたりは慎重に見張りのようすをうかがった。監視の松明がクノサウルの唯一の明かりだ。およそ港町らしくない。この町にはどのような謎があるのか？　住民は、なにを必死にかくそうとしているのか？

すでに潮がひきはじめ、《グラガン》はかろうじて錨に固定されている。ふたりは船の反対側に移動すると、服を脱いで背中にくくりつけた。準備してあったロープを伝って海にはいる。ひき潮が男たちをつつみこみ、沖に向かって押し流した。船の針路を阻む遮断杭はまったくじゃまにならない。

こうして、ふたりは夢にも思わぬ冒険に向かって泳ぎだしたのである。

3

《クロンダイク》はジャグプルⅡの上空二千キロメートルの周回軌道にはいっていた。かんたんな走査の結果、惑星の小衛星ふたつは直径三百六十キロメートルと四百三十キロメートルの不毛の岩塊であると判明。重要性はなさそうだ。

中央司令室の乗員は十二名に増強されていた。やるべき作業は多い。まず、近距離探知により得られた膨大な量のデータ分析だ。惑星のいたるところに厚い雲が点在するが、走査機にはなんの障害もない。

ジャグプルⅡが温暖な惑星であるのは肉眼でも確認できた。スクリーンにうつる映像では極部に氷が見られない。大陸四つは惑星上に均等に配置され、表面積のほぼ四十パーセントを占める。地形測量技術を駆使した結果、さらに詳細な情報も得られた。

フェルマー・ロイドとグッキーは乗員の作業をじゃましないようにしていた。十五分後、ホーヴァットがふたりに向かって、

「ここは発展途上の惑星といえるでしょう。拡大映像を見てください。低い円形の建物

があり、町が城壁でかこまれています。これは侵略者に対する防衛施設として機能します。これまでの経験からすれば、住民は最大で二万人ほどかと。産業化の兆しもありません。周囲には初歩的な農地があり、小規模な集落が点在しています。まともな道路はなく、細い未舗装の連絡路があるだけ。地球でいえば中世初期の状況ですね」

〝地球〟という単語を、できるだけ冷静に口にしたつもりだった。しかし、たちまち好ましくない連想が呼びおこされる。

それは人類の故郷に対する記憶である。ふたつの異銀河を結ぶメールストロームで、べつの恒星を周回している地球……救われたとはいえ、そこにはもはや人間と呼べないような者たちが住んでいる。アフィリーに真の人間性を奪われた人類が。

アフィリーこそ、ペリー・ローダンが親友レジナルド・ブルに権力を奪われて追放された元凶である。ローダンだけではない。ほかの免疫保持者も追放された。それ以後、数十年にわたり、《ソル》で放浪の旅をつづけている。

いまわしい思い出だ！　しかし、一度口にした言葉をとり消すことはできない。三人にできるのは、この記憶をできるだけ早くおさえこむことだけ。やがてフェルマー・ロイドが咳ばらいをし、かすれ声でたずねた。

「問題の発信機がどの大陸にあるか、わかったか？」

ブラム・ホーヴァットはうなずき、ジャグプルⅡの拡大図のひとつをさししめした。

「この、赤道の両側に伸びる、台形をした大陸の西海岸付近です。大陸の人口はすくないのですが、この惑星としては比較的大きな町がひとつあります。とはいえ、エネルギー源に関しては相いかわらず不明です、ミスタ・ロイド。計器類はまったく反応しません。コンヴァーターやエネルギー発生装置のたぐいは存在しないはず」

「持続性の化学バッテリーとかは？」と、ネズミ＝ビーバーが口をはさんだ。少佐はしばらく考えていたが、きっぱりとかぶりを振り、

「理論的にはありえますが、確率は非常に低いでしょう。発信源はハイパー発信機です。非常シグナルは微弱ですが、それでも多くのエネルギーを必要とします。核バッテリーならともかく、化学バッテリーでは数時間しかもちません」

「それに、消耗性のバッテリーだとしたら、われわれの計器で探知できるはずだ」ロイドが不満そうにつづける。「どのようにも解釈できるが、結局は堂々めぐりになってしまうな。本来、ジャグプルⅡに化学バッテリーさえ存在するはずはないのだ。ここの住民の科学水準では不可能だから」

艦長はおもしろくなさそうにほほえみ、

「まさにそのとおり、ミスタ・ロイド。とはいえ、われわれ、この発信機の謎を解くためにここまで出向いてきたのです。これから、どうするつもりで？」

「現時点では、まだなにも」すこし考えてから、新ミュータント部隊隊長が応じた。

「とりあえず、惑星全体の走査をつづけてもらおう、少佐。その結果を見てから考える。グッキーとわたしは惑星から発せられる思考インパルスをとらえ、分析してみるつもりだ。なにかヒントが見つかるかもしれない」

ブラム・ホーヴァヴァットはうなずき、ミュータントふたりはふたたび成型シートにもどった。

グッキーは極端におとなしい。フェルマー・ロイドは心配になった。長年のつきあいだから、これが尋常ではないことがよくわかる。友は危機を脱したあと、みごとに回復したが、当初の情熱は消えうせ、まるで無関心なようすだ。いつも熱心なネズミ＝ビーバーにしては、非常にめずらしい。

惑星から発せられる、この奇妙なインパルスとなにか関係があるのか？　《クロンダイク》が惑星に近づいたせいで、インパルスはさらに強くなっている。惑星の全住民の脳波をおおいかくすほどだ。とはいえ、相いかわらず曖昧でつかみどころがない。ミュータントの思念放射によるものなのか？

フェルマー・ロイドは肩をすくめた。シートにもたれかかると、隣りのグッキーにならうことにした。友はすでに目を閉じ、作業に集中している。

ふたりは同じ方法をとった。まず、超能力の一部を使って極端に強いインパルスを遮断し、その影響をうけないようにする。いわば、ひきこみ線に誘導するようなもの。受容能力の低下は否めないが、これが唯一の有効な方法なのだ。

未知の放射は抑圧され、ささやき声のようになる。一種の背景騒音だ。これで、住民の脳波がある程度は明確につかめるようになった。ただし、ごく短時間にかぎられる。高速で惑星を周回する艦の移動にともない、いわゆる〝発信源〟はつねに変化するから。それでも経験豊かなテレパスは、多数のサンプル採取により、ジャグプルⅡの住民について正確な全体像をつかんだ。

住民はほぼヒューマノイドであるといっていい。それぞれの個人的問題が精神の前面に見られたが、より深く観察することで、関連性を確認できた。

結果はこれまでの惑星調査と一致。住民たちは、惑星を〝グロソフト〟、自分たちのことを〝トナマー〟と呼んでいる。非常に穏和で、ときおり種族間でもめごとがあるものの、戦争にまで発展することはめったにない。人類を基準にすれば、トナマーは未開種族であり、多数の都市国家に分裂していた。とはいえ、地球が同様の発展段階にあった時期と比較すれば、より進歩している。

電気という原始的エネルギーも使用せず、多くの迷信や神々が存在している。にもかかわらず、才能や知性の点では非常にすぐれていた。外部からの支援なしでも、数世紀後にはかなりの文明を築くだろう。

《クロンダイク》は北部大陸を通過し、海洋上空を飛んでいた。ときおり、下界の船乗りたちの思考を感じる。ロイドはしばらく休息をとり、これまで感知した情報を整理しようとしたが、数分後、ふたたび全身を震わせることになった。

軽巡洋艦が台形大陸に近づいたとたん、不明瞭なインパルスが激流のように流れこみ、思考ブロックを容易につきやぶったのだ。耐えがたいはげしさで。

痛みのような感覚をおぼえてうめき声をあげ、思考を完全に遮断。目を開けると、グッキーも同じようすだった。背筋を伸ばし、大きく見ひらいた目でこちらを見つめている。ほとんどパニック状態だ。

ロイドは顔をしかめると、気づかうようにうなずきかけ、

「いまのはすごかったな、ちび！　真剣に考えたほうがよさそうだ……任務を中断して、《ソル》に帰還すべきかどうか。惑星にとてつもないものが待っていると聞けば、ローダンも理解するだろう」

だが、グッキーの反応は意外だった。はげしくかぶりを振り、

「帰還なんてありえない！」と、叫んだ。「謎を解くんだ。あんたがどう反対しようが、グロソフトに着陸するよ。ぼくが逃げだしたなんて、だれにもいわせるもんか。それとも、臆病者と呼ばれたいの？」

フェルマー・ロイドは真意をたしかめるように相棒を見つめた。

グッキーの考えは読めない。とはいえ、特別の事情があるのははっきりわかった。こ

ちらの知らないなにかをつかんでいるにちがいない。思わず不安になる。ペリー・ローダンと連絡をとり、最終決定をゆだねるべきか？　その瞬間、ホーヴァット少佐が割ってはいった。

「作業が終わりました、ミスタ・ロイド」と、満足そうに告げる。「結果を確認していただけますか？」

フェルマーは立ちあがった。内心、決定を先延ばしにできたことにほっとしながら。

《クロンダイク》の艦長に歩みよると、グッキーもついてきた。

ブラム・ホーヴァットは詳細図を手にしていた。いましがた艦載ポジトロニクスが出力したものだ。それを部下に手わたすと、プロジェクターにさしこまれた。スクリーンが明るくなり、台形大陸の正確なレリーフが浮かびあがる。

艦長が部下に指示を出すと、レリーフが移動。数秒後には地図の一部分のみがうつしだされた。ホーヴァットはふたりにうなずきかけ、

「先ほどお話しした町です。ここに例の発信機があります。一メートル未満の誤差で場所を特定しました。見てください！」

湾と、それをつつむようにひろがる馬蹄形の港町が見えた。内陸部に向かって城壁で守られ、これまで見てきたほかの町と基本的には変わらない。ごくふつうの木と石でできた円形建造物があり、そのあいだを縫うように、荒く石を敷きつめた道が通っていた。

大陸はいま夜の側にある。赤外線カメラを使って撮影したため、映像はわずかに不鮮明だ。それでも、塔のような建造物がただちに一同の目をひいた。町のほぼ中央に位置する広場にある。

「なんか変だ」グッキーがだれにいうともなく、つぶやいた。

「たしかに、ちび」フェルマー・ロイドがうなずく。「この塔はトナマーのほかの建造物とはまったく違う。中世のイメージとは、およそかけはなれたものだ。非常シグナルの発信源はここか？」と、少佐に向かってたずねた。

「そのとおり」ブラム・ホーヴァットが答えた。「ふたりとも、いきなり核心をつきましたね。この塔はほかの点でも非常に奇妙でして。質量探知機による計測の結果、塔内部に多量の高品質金属が見つかったのです。住民の技術では生産不可能なもの。さらに、少量ですがプラスティックの存在も確認しました。これも住民がつくることはできません」

「つまり、この塔はグロソフトのがらくたでできてるんじゃないってことだね」グッキーらしい口調だ。「場合によっちゃ、宇宙船とも考えられない？　住民に不審がられないように偽装してあるとか」

艦長はかぶりを振り、

「その可能性はほとんどありません、グッキー。宇宙船を自然石で建造する者がいるとは考えられませんから。いま述べた物質以外のものは、建造物内にありません。探知された金属量では、小型の搭載艇をつくるのが精いっぱいです。しかも、まったく不規則に散らばっています」

フェルマー・ロイドは眉をひそめ、考えこむように、

「あちら立てればこちらが立たぬ、という諺《ことわざ》がある、少佐。あちらもこちらも立てるには、こう考えるのが自然だろう……かつて小型宇宙船がここに着陸し、なんらかの理由で飛びたてなくなったと。乗員が船を解体して塔のなかに居住空間をつくり、さらに発信機を設置して、仲間の救助を待ったのだろう。しかし、これまで救助はこなかった。かれら、トナマーとなんらかの関係があるのでは？　あるいは、支配しているのかもしれない」

「それはありえるね」と、ネズミ＝ビーバーが同意した。「すくなくとも、異人のひとりは強力な超能力を持ってる。この塔がいつごろできたかわかる、ブラム？」

艦長は力強くうなずく。今回の任務に対する不満は、いつのまにかすっかり消えていた。

「正確には現地での炭素十四分析が必要ですが、ある程度のデータは得られました。大まかな推測では、ほぼ数百年前からここにあると思われます」

フェルマー・ロイドは調子はずれの口笛を吹き、

「そこまでは考えつかなかった！　塔は長い時代をへて、ひょっとしたら神殿として祀られたのかもしれないな。異人は神格化されているはず。これまでもたびたび、似たようなことがあった。この状況下では、もう一度考える必要があるだろう。異人が介入を望んでいないかもしれないし」

「逆だよ！　助けだしてあげれば、よろこんで足にキスするさ！」グッキーは断固として主張を曲げない。「もし、あんたがいうように異人がここで居心地よく暮らしてるんなら、とっくに非常シグナルを停止してるはず。すくなくとも、ぼかあ、そう思うね」

フェルマーは曖昧にほほえむと、航法士席の上にあるクロノメーターを一瞥《いちべつ》し、

「現在、艦内時間で十九時五十六分、下界もちょうど夜だ。どっちみち、すぐにはなにもはじめられない。少佐、《クロンダイク》を高度一万キロメートルの軌道上に乗せてくれ。休息にはいろう。その前に、ペリー・ローダンにこれまでの経緯を報告する。今後の行動については、チーフの決定にゆだねるとしよう」

4

エルウィシュとプレシュタンは遮断杭をとおりすぎ、外海に達した。

計画の実行はふたりが想像したほど容易ではなかった。ひき潮に乗って湾から外海に出るのは比較的楽だったが、べつの問題が浮上したのだ。

予想外にやっかいだったのは、ちいさな〝月〟ふたつの存在である。《グラガン》をはなれたとき、月はまだ昇りはじめたばかりだった。しかし、ひと晩に三回も夜空をめぐるため、その動きは非常に速い。港の入口までは三マイルだが、半分まで達したところで、月ふたつが天高く昇ってしまった。

危険な状況である。

湾内はほとんど波がない。しかも、月光に明るく照らされている。水上で動く物体は、陸上からも容易に発見されるだろう。この町のきびしいしきたりを考えれば、見張り番が居眠りすることはありえない。つまり、発見される危険が大きいということ。

最小限の動きで港の左岸まで泳ぎつくには、多大な労力と時間を要する。左岸には長距離にわたり、大小さまざまな漁船が繋留されている。掩体《えんたい》にはもってこいだ。反面、陸に近いため、ごくちいさな水音でも気づかれる恐れがある。

ふたりは死体のような格好で、鼻先だけ水面からのぞかせ、背泳ぎで進んだ。だが、背中にくくりつけた服が水を吸って錘《おもり》となり、たちまち疲労に襲われる。泳ぐ方向をゆっくりと慎重に修正するのも、またひと苦労だ。

見張りの居場所をしめす松明が燃えあがっている。それをなんとかやりすごしたとき、ようやくひと息ついた。

ふたりは湾入口の杭につかまり、数分間の短い休憩をとった。それから左に向きを変え、岸にそって懸命に泳いだ。入港のさいの記憶どおり、この方向にはクノサウルの家なみが数百メートルほどつづき、その先は荒れ地になっていた。かなりの湿地帯で、菅《すげ》のような植物や灌木が群生している。

居心地は悪いが、だれも住んでいないのはたしかだ。どこか乾いた場所を見つけて、日が昇るのを待てばいい。惑星グロソフトの自転周期は十八時間だから、日の出までそれほど待つ必要はない。

エルウィシュはそこで安堵の息をついた。思いがけない好機に恵まれたのである。沈む直前の月の光が照らしたのは、細い小川が海に注ぐ河口だった。いつのまにか潮の流れは変わり、満ち潮になっている。海水が小川に逆流する状態があと二時間はつづくだろう。このあいだに潮に乗れば、たいした苦労もなく目的地に近づける。

相棒に合図を送ると、小川に向かって方向転換。一マイルほど進んだところで周囲の景色が変わり、湿地帯をぬけたのがわかった。ほっとしながら岸にあがり、灌木にかくれて手足を伸ばす。しばしの休息である。

まもなく夜明けだ。日が昇れば、心地よい暖かさが訪れる。プレシュタンは濡れた荷物を地面にひろげた。エルウィシュは近くの木にのぼり、周囲の状況を探る。

「悪くないぞ」もどってくると、友に告げた。「付近に人は住んでいない。半マイル先に、耕作地にかこまれたちいさな集落がある。そこから、さらに道がべつの集落まで伸びてるが、ほとんど往来はないようだ」

プレシュタンは防水バッグから食糧を出してむさぼっていたため、ただうなずくだけだ。空腹をおぼえたエルウィシュも連れにならうことにした。

「ひとつ思いついたんだが」と、プレシュタン。仰向けに寝ころび、灰褐色のからだをおおう無数の肉垂を日にさらして乾かしている。「ここから直接クノサウルに向かうのは目だちすぎるぜ。町にはいってしまえば問題はないが、ちいさな集落では全員が顔見知りだろうから。まず、だれにも気づかれないように、クノサウルと反対方向に向かおう。そのあとひきかえして、堂々と町にはいるんだ。遠方からきた訪問者のふりをするわけだな。もしだれかに聞かれたら、パルギシュあたりからきたと答えりゃいい。ここから陸路で十五マイルほどはなれた、ちいさな町の名だ」

エルウィシュはうなずき、腹ばいになった。飛びまわっているちいさな昆虫をはたき落とし、

「だれにも声はかけられんだろう」と、気だるそうに答える。「クノサウルに用事がある者は、毎日たくさんいるはず。おれたちが目だつことはないさ。万一、詮索好きにあったら、つくり話をすればいい」

プレシュタンは顔をしかめ、

「ところで、キャビンにのこしてきた船長宛ての手紙にはどう書いたんだ？　似たようなつくり話か？」

「真実に決まってる！」と、エルウィシュが気分を害したようすで応じる。「フィルナクをだます必要はないだろう？　もしおれたちが帰ってこなかったら、出航後にもう一日、岸の近くにとどまるようにたのんだのさ」

「船長がそうしなかったらどうする？」と、プレシュタンが不安そうに、「おれたちは船長にとり、クノサウルの住民とのいざこざをひきうけるほど重要人物だろうか」

「これまで船長が仲間を見捨てたことは一度もない」エルウィシュは確信をもって応じ、立ちあがった。日の光で乾かした荷物を調べたあと、服を身につけながら、「立て、この怠け者。服はもう乾いてるぞ」

五分後、ふたりは藪のなかを進んだ。近隣の集落を大きく迂回。一マイルほど行ったところで、計画どおりあらためてひきかえした。

＊

「おい、乗らないか」車の御者がふたりを追いぬいたあと、声をかけてきた。プレシュタンは断ろうとしたが、胸に相棒の肘鉄をうける。

「乗ろうぜ！」と、エルウィシュがささやく。「長靴は湿ってるし、足には一ダースもまめができてる。もう限界だ。それに、この男といっしょに町にはいれば、目だたないから好都合だろう」

「ありがとう、よろこんで乗せてもらうよ」と、プレシュタンは御者に向かい、「朝早く出発したんだ。クノサウルまではまだ遠いし。すこしでも楽できるなら、それにこしたことはない」

御者は納得したようにうなずくと、

「あんたたちはジュフテに行くのだろう。ヴィマー広場ではじめて神の祝福をうけるために」と、ふたりを値踏みするように眺めてからいった。「ちょうどよかったな。わたしも娘を連れていくところだ。その年ごろになったから」

不格好な車は木製の車輪四本に支えられ、弓型の幌がはられている。牽《ひ》いているのは二頭のペパック……頑強な四本足を持つ動物で、ベシュラ大陸にも生息している。とがった頭部と硬い甲羅で、トカゲ類に属するとわかる。ほかの多くの動物と同様、長い歳月をへて家畜化された。持久力があり、餌の消費量がすくないため、非常に効率のいい家畜である。

御者席のうしろの幌が開いたとき、プレシュタンとエルウィシュは賞讃するように、とがった耳を立てた。

幌のなかからあらわれたのは、トナマーの若く美しい女だった。巻き髪はみずみずしい淡紅色。顔の淡褐色の肉垂は若い女のしるしだ。耳が自然に立っている。同乗者ふたりを歓迎しているのだ。

乗車をうながす言葉はもう必要ない。エルウィシュとプレシュタンにとり、彼女が最後のひと押しとなった。ここ五十日間、女を見なかったのだから。

次の瞬間、ふたりは車に乗りこんでいた。プレシュタンは御者の隣り、エルウィシュは後部座席の女の横にすわる。たがいに自己紹介し、父親がケルパシュ、娘がミルナという名であるとわかった。御者が手綱をすばやくひくと、ペパックがふたたび動き、車は進みだした。

若者たちは、正体がばれないよう細心の注意をした。このあたりの住民はクノサウル港の連中よりも社交的なようだが、ふたりがよそ者とわかれば態度も一変するだろう。

船乗りふたりはケルパシュに話させようと、もっぱら聞き役にまわった。御者もそれに乗ってきた。はじめてクノサウルに向かう若者に町について教えるのが、自分の義務だと感じたのかもしれない。とりわけ、ヴィマー広場とジュフテについて熱心に語った。若者たちも興味をしめし、熱心に聞きいる。

ケルパシュによると、二十歳をすぎたクノサウルの住民は、年に一度ヴィマー広場を訪れるよう義務づけられているらしい。そこで儀式に参加し、神の祝福をうけるのだ。神をうけいれれば、おのれを抑圧するものを知ることができる。すると、神がそれを排除し、不安から解放してくれる。神秘的な方法で啓示をうければ、いかに生活し行動すべきかわかるという。

全員が啓示を快くうけいれるわけではなかったが、時間の経過とともに、その正しさや有効性が証明されたという。その結果、ほぼすべての住民が啓示にしたがうようになったらしい。したがわない者は、あとで非常に後悔することになるのだ。

そうした住民が次にヴィマー広場を訪れると、祝福のかわりに厳罰をうけるという。だれがしたがわなかったか、神にはすぐわかるらしい。神がどう指示を出すのかは謎だが、すぐに男数名があらわれ、住民を連れさるとか。

そのあと、どのような罰がくだるかはだれも知らない。住民は数日後、まったく別人のようになってもどるという。もとの生活は再開するが、寡黙を貫き、なにがあったかけっして話そうとしない。ただ、二度と神の不興を買わないため、細心の注意をはらうようになるのだ。罰が楽しい経験ではなかったことが容易に想像できる。

ケルパシュはこれらすべてをはっきりとではなく、遠まわしに語った。それでも船乗りふたりはその意味をよく理解できた。これまで多くの港をめぐってきたのだから。船長のおかげで、わずかな手がかりも見逃さない目を養った。それが役にたったわけだ。状況が違えば、若い娘の存在がもっと気になったはずだが。

ミルナもまた、父の話に集中していて、ふたりの無関心を気にするようすはない。やはりクノサウルを訪ねるのははじめてだから、興奮していた。ようやく神の祝福をうけられるのだ！　うれしくて、父の一言一句に熱心に耳をかたむける。

港町に到着するまで、ほぼ一時間近くかかった。道はやがて整備された通りとなり、交通量も多くなる。

郊外のあらゆる町や村から、さまざまな年齢層の人々がクノサウルに集まっていた。ある者は乗り物で、ある者は徒歩で。大半は数日間をかけてやってくるようだ。病人と高齢者だけがヴィマー広場への巡礼を免除されるらしい。

しばらく進むと、ケルパシュは車をわき道にいれ、すでに多数の車がとまっているべつの広場で止めた。若者ふたりに向かって親切そうにうなずくと、クノサウルの家なみをつきぬけてそびえるジュフテをさししめし、

「あれがあんたたちの目的地だ。ここからなら、道に迷うこともまずないだろう。先に行くがいい。わたしはペパックを車からはなして、家畜小屋へ連れていく。つきあう必要はないぞ、われわれもあとから行くから。よければヴィマー広場の右手にある宿屋で落ちあおう。帰りも車に乗せてやるよ」

エルウィシュとプレシュタンは感謝の意をしめし、ミルナに別れの一瞥を送った。もう二度と会うことはないと思うと、軽い遺憾の念がこみあげてくる。

ケルパシュのおかげで、第一目標を達成できた。だれからも見とがめられることなく、町にはいれたのだ。

＊

「テラのアスパラガスも、もう昔とは違うね」《クロンダイク》の食堂で朝食をとりながらグッキーが不満を洩らした。フェルマー・ロイドはおもしろそうに友を眺め、

「アスパラガスもアフィリー化したといいたいのか、ちび。しかし、それは違うぞ。そのアスパラガスは地球で採れたものではない！　《ソル》内の水耕ガーデンで育ち、恒星メダイロンの光を一度もうけていないのだからな」

軽口をたたいてわざと明るくふるまってみたものの、本当はグッキーのことが心配でならなかった。ネズミ＝ビーバーの精神状態は明らかに悪い。本人はかくそうとしてい

るが、数百年来の友をだませるはずがない。惑星グロソフトから発せられる未知のインパルスがグッキーを苦しめているのだ。かれ自身が認める以上に。

事情を知らないブラム・ホーヴァットが短い笑い声をたてて、

「レジナルド・ブルが気前よく《ソル》をひきわたしたのは幸運でしたよ、グッキー。われわれ、ダンベル船《ソル》の非常に高度な装備がなければ、これほど長く持ちこたえられなかったでしょう。カレント要塞の免疫保持者まで収容できるとは、予想していませんでした。ところで、ジャグプルⅡへの着陸計画はどう進めますか？　どの搭載艇を使い、同行者は何人くらい必要で？　催促するようで恐縮ですが、充分な準備をしたいのです」

フェルマー・ロイドは肩をすくめた。

昨晩、ペリー・ローダンと話しあい、グロソフトに着陸部隊を送る許可は得てある。ロイドはこの任務の責任者として、手段を選ぶよう一任された。惑星の近くにいる人間が状況をもっとも適切に判断できるはずだから。

「今回の作戦は最小規模で進めるつもりだ」コーヒーを飲みほし、慎重に答えた。「大型艇を派遣するのは意味がない。住民は比較的未発達だから、深刻な脅威にはならないはず。問題は超能力を持った相手だ。対処できるのはグッキーとわたししかいない。ふつうの人間では容易に精神を支配されてしまうだろう。したがって、着陸にはシフトを使う。われわれふたりのほか、パイロットひとりだけが乗る予定だ。そうすればリスクを最小限におさえられる」

グッキーはさっきの不満を棚にあげ、アスパラガスをきれいにたいらげた。皿を押して遠ざけると、うなずきながら、

「あんたがいいなら、それでいいよ。それ以上は必要ない。なにが起きるかわからないから、相応の装備が必要だけど」

危険な状況をほのめかす口調が気にいらなかったが、ロイドは追求しなかった。ネズミ＝ビーバーがいったんこうと決めたら、エルトルス人よりも頑固なのだから。

艦長に向かってうなずきかけ、

「よろしい、ブラム。ではシフトを用意して、戦闘用に整備してもらおう。パイロットは冷静で精神的にタフな男を選抜すること。われわれの装備はこちらで用意する。問題がなければ、半時間後に出発だ」

ホーヴァットはすこし考えたあとで、決心したように告げた。

「ベルトリ伍長を推薦します。まだ若いのですが、冷静沈着な男です。オールラウンド・トレーニングをうけており、どんな場合でもたよりになりますから」

艦長は必要な指示を出すために出ていった。ミュータントふたりもすぐに食堂をあとにする。保管庫に出向き、みずからの装備を選ぶのだ。

惑星グロソフトの大気中には充分な酸素がふくまれているが、それでも軽コンビネーションを選んだ。飛翔装置のほかに個体バリア・プロジェクターとマイクロ・デフレクターが装備されており、非常に高い安全性を確保できる。殺傷能力のある武器は持たず、パラライザーだけを携行。通常の凝縮口糧と飲料をつめると、装備は完成した。

グッキーはまた無口になった。平静をよそおう努力をしているのがよくわかる。友の矛盾した行動は奇妙だが、ロイドは直接たずねたりしなかった。もうすぐ原因がわかるだろう。いずれにしても、ネズミ＝ビーバーから目をはなさないことだ。

反重力シャフトを使い格納庫に降りると、すでに伍長が待っていた。

長身痩軀のジョープ・ベルトリは二十五歳ぐらいか。細面《ほそおもて》で、豊かな褐色の髪。グレイの目が浮世ばなれした印象をあたえる。だが、敬礼をうけたさいにははっきりとわかった。その目の奥には注意深さと洞察力があらわれている。

「シフト3は出発準備がととのっています、サー」と、簡潔に報告。フェルマー・ロイドはさりげなく手を振り、

「堅苦しいのはやめよう」と、ベルトリに手をさしのべた。「フェルマー、それに、グッキーと呼んでくれ。それともきみは反対か、ちび？」

ネズミ＝ビーバーは久しぶりに一本牙を見せ、

「〝サー〟は帽子にでもしまっておきなよ、ジョープ。ぼかあ、これまで一度だって

〝サー〟じゃなかったよ。もしそれを忘れたら、しばらくのあいだ、天井をさまよって思いだしてもらうからね。いい？」

伍長はにやりと笑いかえし、

「それはむずかしいかもしれませんよ、グッキー。シフト内にはそれだけの余裕がありませんから。乗ってください。三分後には出発です」

《クロンダイク》はふたたび台形大陸の上空にさしかかった。高度五万メートルまで降下し、艦の速度を惑星の自転にあわせる。ベルトリは司令室と通信回路を結んだ。出発の許可を得ると、インパルス発信機を操作し、エアロック室の自動調整装置を作動。まもなく気圧が調整され、ハッチが開いた。自動射出装置でシフトが飛びだす。軽巡洋艦はすぐに加速し、周回軌道にもどった。一方、シフトは惑星表面に向かって、鋭角に落ちていく。

伍長は高度二万メートルまで機体を落下させると、反重力装置のスイッチをいれた。さらにエンジンを慎重に作動させ、大きな弧を描きながら飛行。前方のスクリーンをさししめす。そこには眼下の景色がはっきりとうつしだされていた。

「ここは例の町から百キロメートルほどはなれた地点です」と、ベルトリ。「騒ぎを起こさずに町に近づくため、山側から行きましょう。ほとんどだれも住んでいませんから。その先の森も同様で、町から二十キロメートルの地点までつづいています。とはいえ、そのあとは非常にきびしくなりますが」

フェルマー・ロイドはしばらくスクリーンを見つめていた。やがて港の南側に見える荒れた湿地帯をさしめし、

「現在の高度をたもってくれ、ジョープ。森を横切ったら、南に向かって海岸近くまで飛び、急降下しよう。湿地のなかでも乾いていて着陸に適した場所を見つけるのだ。そこから町までは十キロメートル。飛翔装置でなんなく到達できる」

伍長はうなずき、指示されたコースにシフトを向けた。

三人とも注意深く探知機器を見つめるが、いっこうに反応がなかった。シフトを捕捉する走査機のたぐいは存在しないということ。微弱なエネルギー放射もない。にもかかわらず、塔のなかにある発信機は作動しており、混乱したインパルスはさらに強くなっていた。ミュータントふたりが慎重に思考ブロックしても感じるほど。

地球の歴史でいえば中世にあたるこの惑星で、発信機とインパルスの存在はまったく異質である。だが、たしかにあるのだ! なぜだろう?

フェルマー・ロイドはふたたびグッキーのようすを気づかうように見た。なにか知っている、あるいは、予感しているにちがいない。ネズミ＝ビーバーは口をかたく閉じたまま、無表情に前方を見つめている。

そのとき、ひらめいた。グッキーは不安なのだ! 未知なるものに会うことを渇望す

ると同時に、恐れてもいる。そう考えるほかには友の行動を説明できない。

シフトは着陸予定地点に到達。ベルトリはエンジン出力を下げ、反重力装置を作動させた。ゆっくりと下降していく。伍長は高度二千メートルにある薄い雲をつきぬけると、湿地帯のなかの、ほかとくらべて樹木が多い場所をさししめした。

「質量走査機によれば、地盤は硬く、着陸してもまったく問題ありません。降りてかまいませんか?」

フェルマー・ロイドがうなずく。シフトは見慣れない樹木にかこまれた空間にゆっくりと着陸した。ジョープ・ベルトリはすべてのスイッチを切り、事前にとりきめてあった短い通信インパルスで軽巡洋艦に連絡。ロイドはネズミ=ビーバーの肩をたたいて、声をかけた。

「行こう、ちび。われわれの出番だ!」

5

記念碑のように、ジュフテが目の前にそびえたっていた。

プレシュタンとエルウィシュはこれほど巨大な建物を見たことがなかった。高さはおとな五十人ぶんの背丈ほどもあり、幅はその半分。ふたりの故郷ベシュラ大陸は、ここよりもずっと発展しているはずだが、このような建造物は存在しない。

壁は石造りに見えるが、完全にたいらで継ぎ目がない。大きな正面入口は金属のように光っている。見慣れない、青みがかったグリーンの色あいだ。四角い窓がいくつかあるが、扉と同じく閉じられていた。この窓も不思議なことに、ガラス製のようだが透明ではない。陽光が内部に直接さしこむように見えるのに、部屋のようすはまったくうかがえないのだ。

ここに本当に神が住んでいるのか？

ふたりとも、神という存在を信じてはいない。故郷では神を敬って寺院に祀っているが、神を見た者はひとりもいないのだ。ときおり神に会うという僧侶の言葉など、なんの証明にもならない。たぶん、ここでも同じようなものだろう。

あるいは、ひょっとしたら……？

ジュフテの建造以来、この大陸の住民は非常に謎めいた変化を遂げたという。なにか理由があるにちがいない。ケルパシュの話にも真実があるのかもしれない。

ふたりはその謎を解くつもりだった。だが、とりあえずは待つしかない。

ジュフテ前の広場にはすでに数百人の老若男女が集まり、その数はさらに増えていく。だれも指示を出さないが、全員がおちついて行動していた。列に割りこむ者もない。

人々はゆっくりとジュフテに向かって進む。建物の前でなにかしているようだが、大勢の人で視界がさえぎられ、よくわからない。見えるのは、一定の間隔を置いて数名が集団からはなれ、露店や飲食店で賑わう横道にはいっていくようすだけだ。

「この調子だと、順番がまわってくるまで一時間はかかるな」プレシュタンが友にささやく。エルウィシュは肩をすくめ、

「ここまできたら、もうあともどりはできん」と、同じく小声で応じた。「それに、まだ時間は充分あるさ。《グラガン》は夕方まで出港しないだろうから」

突然、周囲の視線を感じて、口をつぐんだ。ほかにはひとりも話をしている者はない。だれもが完全に自分自身と向きあい、これから起きる出来ごとに対する心がまえをしているようだ。

広場の中央付近まで進んだとき、ようやくジュフテ前のようすが見えた。

正面入口につづくひろい石の階段の手前に、ほぼ五人が手をひろげたくらいの空間がある。人々はそこで地面に平伏すると、両手をあげて一定の動作をし、そのまま一分間ほど静止。それから起きあがり、立ちさる。一見、なにごともないように見えるが、だれもが解放されたような恍惚の表情を浮かべていた。

予想どおりほぼ一時間後、ふたりは最前列まできた。言葉をかわさず、目だけで合図をする。重要なのは、住民の儀礼所作をおぼえて間違わずにまねること。さもなければ、とんでもない結果になるかもしれない。

順番がやってきた。ほかの十人にならい、地面に平伏してから手をあげた。

広場のほかの場所は粗い石畳だが、ジュフテの正面だけは滑らかな平面だ。塔と同じ素材が敷かれているらしい。そこには奇妙な模様が色とりどりに描かれていた。なんの意味も持たないように見えるが、その色彩と曲がりくねった曲線は、どこか心の琴線に触れるような効果がありそうだ。

だが、エルウィシュはそれどころではなかった。

かなり前から、足のまめが耐えられない状態になっているのだ。いまはとにかく、足を休ませることができてうれしかった。軽い安堵の息をつきながら、平伏。冷たい地面に顔をつけ、ほかの者たちにならって両手をあげる。隣りにいるプレシュタンを横目で見ると、同じ動作をしていた。そのまま動きを止め、しずかに待つ。

ふたりは待ちつづけた……なにを待つのかわからないまま。一秒が長く感じられる。しかし、なにも起こらない。神の祝福はどこからくるのか？

失望をおぼえはじめた次の瞬間、エルウィシュは思わずからだを震わせた。心に触れたのだ……不思議な未知の力が！　こんなことははじめてだった。なにが起きたのかわからないが、それでも心の最深部になにかを感じた。平穏と安堵に全身がつつまれ、悩みも不安も消えうせる。このうえなく心地よい感覚だ。永久につづいてほしいと願うほど。

だが、終わりは突然やってきた。ふたりの周辺ではげしい叫び声があがったのだ。驚いて顔を上げると、隣りで平伏していた人々がいきなり跳び起きるのが見えた。その顔からは平静さや敬虔深さが失せ、はげしい憎悪が浮かんでいる。

「冒瀆者がいる！」

だれかが叫ぶ。その声は周囲に伝染し、たちまち広場を埋めつくした。冒瀆者とは自分たちのことにちがいない。エルウィシュとプレシュタンはあわてて立ちあがるが、もはや逃げ道はなかった。

広場は大混乱となり、ふたりは押しよせた人々にとりかこまれる。振りあげられたこぶしに威嚇され、頑強な男数名に拘束された。そのあいだも、ジュフテの巡礼者たちはますます興奮していく。

いたるところで混乱の叫び声があがった。やがて、ひとつの怒声がほかをかき消す。

「冒瀆者に死を！　ただちに殺せ！」

はげしいこぶしの雨が降った。先ほどまであれほどおだやかだった人々の目に、殺意がみなぎっている。なぜ、正体がばれたのだろう。防御してもむだだったが、周囲をぎっしりとかこまれているため、だれのこぶしも命中しない。おかげで、どうにかこの場では殺されずにすんだ。

「冒瀆者に死を！」

叫び声はどんどん大きくなる。突然、鈍い角笛の音が響きわたり、周囲の怒号を圧倒した。高まる音とともに、男数名が群衆をかきわけて近づいてくる。人々は進んで道をあけた。たちまち興奮がしずまり、不気味なほどの静けさが広場をおおいつくす。

殴られなくなったので、エルウィシュとプレシュタンは大きく安堵の息をついた。それもつかのま、黒っぽい制服姿の男五人が目の前にあらわれ、ふたたび力ずくで押さえつける。治安維持隊の隊長らしき男がジュフテの入口につづく階段に跳び乗り、高圧的に手をあげた。命令口調で、

「神の名において！　冒瀆者には死がふさわしいが、いますぐではない。祝福の参拝はこのまま継続する。中断は許されない。ふたりは連行して監禁する。あす、日の出とと

もに判決がくだるだろう。この場所に生き埋めになるのだ……神に逆らう者に対する見せしめとして！」

ふたりは青くなった。ただの冒険がこのような結末を迎えるとは。弁明しようともがくが、こぶしと肘鉄に阻止される。

強引にひきずられ、怒号が飛びかうなかを連行されていった。通りをいくつかすぎ、やがて大きな建物の前に到着。そのまま、板ばりの寝台しかない薄暗くちいさな牢屋にほうりこまれた。

＊

「そもそも、町まで飛ぶのは無意味だ」フェルマー・ロイドはシフトの前でグッキーにいった。「わたしを連れて町までテレポートすればすむことじゃないか」

ネズミ＝ビーバーは断固としてかぶりを振り、

「快適なのもいいけど、もっとだいじなのは安全だよ」と、いつになく真剣に応じた。「相手がどんな連中かわかんないし、超能力の程度も不明だもの。テレポートを察知できるかもしんない。そうなりゃ、こっちの存在にすぐ気づかれちゃうよ。いずれにしても、敵だと思われないほうがいいからね」

ロイドは大きくにやりと笑い、

「変だな。われわれに会ったら異人がよろこんで足にキスすると、きのういったのはだれだ？」

グッキーは真顔で相手を見あげ、

「ときには意見を変えても許される」と、平然と答えた。「古い格言だよ。あんたが若いころのテラの政治家がいったのさ。なかなか切れ者だったね」

フェルマー・ロイドの笑いがすこしゆがみ、

「すくなくとも、ほんものの政治家だったわけだ……いいわけ上手という意味でな。わかった、いますぐ飛んでいこう。この惑星の一日はとても短い。まもなく正午だ」

装備をすばやく点検してから、飛翔装置のスイッチをいれた。ベルトリ伍長はシフトにのこる。ミュータントと《クロンダイク》からの通信にそなえて。

ふたりは低空飛行で進んだ。はじめのうちは樹木で身をかくし、村に近づいたところでデフレクターを作動。たちまち、姿が見えなくなる。からだにそって光が屈折し、外から光学的に認識できなくなるのだ。ヘルメットにアンティフレックス眼鏡が装備されているから、たがいの姿は確認できるが。

飛びながら、下界の住民の思考を読もうとする。だが、相いかわらず異人のテレパシーがほかの放射を圧倒していた。インパルスはどんどん強くなる。ふたりは思考の流入を完全にブロックしなければならなかった。

「この叫び、ちょっとひどすぎやしない？」と、グッキーが不機嫌に口をひらいた。

「町の郊外に降りて、トナマーに聞いてみようよ。トランスレーターがあるから大丈夫さ」

「聞いてもむだだろう」と、フェルマーが通信機で応じる。「賭けてもいいが、住民は自分たちの上に君臨する者の正体を知らないのだ。未開種族の上位存在としてふるまう者は、おのれが支配する種族を信用しないもの。これまでの例を見ればよくわかる」

ネズミ＝ビーバーは納得し、飛びつづけた。

町に到着すると、数千人が塔のような建造物に向かっているのが見えた。城壁をくぐったあたりでは、さらに大勢の出入りがある。まるで巨大な年の市が開かれているようだが、それらしき催しはどこにも見あたらない。

飛翔装置のスイッチを切り、反重力プロジェクターのみでゆっくりと屋根の上を浮遊。はじめてトナマーを間近で見たグッキーは、思わず身を震わせ、つぶやいた。

「うへ、ここの兄弟はなんて醜いんだ！　いちおうヒューマノイドには見えるけど。骨ばった体形にとがった耳、フクロウのような顔。ひょっとしたら鳥類から進化したのかな？」

フェルマー・ロイドは首をかたむけ、

「まんざら間違いじゃないかもな、ちび。全身に見られる奇妙な肉垂は、進化の過程で消滅した羽根のなごりかもしれない。円形の建物も鳥の巣を連想させる。だが、遠い過去のことは連中自身も知らないだろう。見てのとおり、いまは翼のかわりに手を実際に使っている。海運も発達しているようだ。あの大型帆船を見てみろ。かなりの性能だぞ。大陸間航海も可能にちがいない」

そのまま港の上空を通過すると、方向転換し、奇妙な建造物のある広場に向かった。ネズミ＝ビーバーが広場をさししめし、

「ここでなんか特別なことがあるみたい。みんな、このために町に集まってきたようだよ。見て！　建物の前でなんかやってる。まるで、大昔の中国人がオレンジの前でする叩頭礼みたい」

「オレンジでなく〝マンダリン〟だ。皇帝のことだよ、ちび」と、ロイドが訂正して笑う。相棒らしさがもどったので、うれしかったのだ。グッキーは偉そうに手を振り、

「わかったよ、あんたが正しいってことで。ぼくにとってきょうは社会奉仕の日ってところかな。で、これからどうする？　地上に降りて、間近であの茶番を見てみようか」

フェルマー・ロイドはすこし考えたあと、同意をしめし、

「そうしよう。アームバンドの装置がまったく反応しないから、すくなくとも近くに探知機器はなさそうだ。連中がなにをしているかはたいした問題ではない。重要なのはこの塔みたいな建造物だな。どこかに発信機があり、そこに異人もいるはず。あの大きな

入口は閉まっているが、裏口があるだろう。そこから侵入できるかもしれない」

「いずれにしても、話し好きってわけじゃなさそうだね。窓も一方向性ガラスでできてるみたいだし」グッキーはそういいながら、反重力プロジェクターの出力を下げ、ゆっくりと降下していく。地上に降りたつと、建物の前の階段に腰をおろした。フェルマーもそれにならい、トナマーの奇妙な儀式を観察。

人々の所作《しょさ》は奇妙だが、滑稽でもおろかしくもなく、神聖なまでに真剣にとりくんでいた。ふたりはこれまで数百年にわたり、さまざまな異種族やその風習を見てきたもの。その慣習や宗教行事に短絡的な判断をくだすことはしない。

「連中の思考が読めないんだ」と、ネズミ＝ビーバー。巡礼者が立ちあがって交替するのを見ながら、「まるで心の耳が聞こえなくなったみたい……うわ！　フェルマー、なんか変だよ。ぼくら、姿を見られてるんじゃない？」

そのとおりだった。トナマー数百名が荒々しく叫びながら、こぶしを振りかざし、ふたりに向かってくる！

6

「なんてこった」プレシュタンがため息をついた。

「謎を解明できないばかりか、閉じこめられ、死刑執行を待つはめになるとは。生き埋めだって？　海で溺れるよりひどい！」

エルウィシュのほうは黙ったまま、長靴を脱いで、まめだらけの足と向きあっていた。鳥類の鉤爪のようなとがった爪で、まめをつぶす。携行袋からまるい木の小容器をとりだし、薬を塗りつけた。はじめは地獄の痛みが襲うが、すぐにひき、数時間は麻痺したような感じがつづく。こうして、まめをひとつずつ手当てするのだ。薬は少量しかないが、すくなくとも翌朝までは充分もつ。あとはどのみち痛みを感じなくなるのだから……

「なぜ正体がばれたのか、それだけでもわかればな」と、プレシュタンは小声でいった。

「怪しまれることはしなかった。外見は連中とまったく変わらないし。ケルパシュとその娘でさえ、おれたちを巡礼に向かう若者と思って疑わなかった。巡礼者の一挙手一投足を完璧にまね、失敗はいっさいなかったはず。なのに、連中は突然、野獣のように襲ってきた。治安維持隊がこなかったら、あの場で殺されてただろう」

エルウィシュはまめの手当てを終え、足を布でおおった。板ばりの寝台の上でからだを伸ばすと、プレシュタンを見つめ、

「たしかに。だが、ひとつ見逃してるぞ。塔の前で地面に伏せてるとき、なんか奇妙な感じがしなかったか?」

相棒は考えこみながら、うなずいた。

「最初はちょっと驚いた。だが、じきに驚きも消えて、人生の至福が訪れたように感じたな。どう表現していいかわからない……言葉にできない感覚だ」

エルウィシュは考えこみながら、とがった耳を振り、

「まったくそのとおり。永遠にあの場にいたいくらいだった。ケルパシュのいう神の祝福は、ただのそらごとじゃない。なにかが心に触れたというか、心にはいってきたんだ。つまり、考えられる結論はただひとつ」

「それはなんだ?」想像力に乏しいプレシュタンがせかすと、エルウィシュは驚いて相棒を見つめ、

「まだわからないのか? ジュフテには本当に神がいるんだ! そんな目で見るな。ほかには考えられない。神はおれたちにも祝福をあたえるつもりだったが、よそ者だとわ

かり、ふさわしい対応をとったんだ。冒瀆者が紛れこんだと、神が巡礼者たちに知らせたのさ。それで、連中は襲いかかってきた」

「あんたのいうとおりだろう」と、相棒も認めた。「だが、それでも不思議だ。なぜ奇妙な神は、この大陸のトナマーだけをうけいれる？　適切に導けば、おれたちを信者にするのも充分可能なはず」

エルウィシュは肩をすくめ、

「ここで生まれ、幼少時から神の影響をうけた者は、無条件でしたがうだろう。だが、おれたちは違う。心地よい感覚がすぐに失せたのは、そのせいかもしれんな。望郷の念が強いから、あのまま《グラガン》にもどり、一部始終を報告すると思われたんだろう。神がそれを望まない理由はわからないが。まさに、神のみぞ知る」

プレシュタンはふたたびため息をついて、

「理由がなんであれ、おれたちには永遠にわからない。明朝、ここから連れだされ、死刑になるんだから。そうなれば、すべてが終わりだ。フィルナクがなんとかして救出してくれないもんか？」

エルウィシュは耳を垂らし、

「どうやって？」と、あきらめた声で応じた。「《グラガン》は厳重に見張られている。いまごろは輪をかけて監視がきびしくなってるだろう。船長が行動に出るチャンスはないさ。おまけになにも知らないんだから……」

そこで口をつぐむ。外から足音が聞こえてきたのだ。プレシュタンは立ちあがり、牢屋と通廊を隔てる格子戸に近よった。小窓からさしこむ鈍い陽光で、男がひとり近づいてくるのがわかる。

トナマーの身長はたいてい二メートル前後だが、この男はとびぬけて大きかった。背が高いだけでなく、横幅もかなりあり、せまい通廊をふさいでいる。明るい赤の服はクノサウルではめずらしい。ズボンのベルトに鍵がぶらさがっていた。おそらく牢の番人だろう。

パンと冷肉を木製の盆にのせ、大きな左手で軽々と運んでくる。牢屋の前で立ちどまると、鍵に手を伸ばし、原始的な錠にさしこんだ。格子戸を開けながら、

「ばかなまねはするなよ！」と、轟くような声で警告。「その気になれば殴り殺すのはわけないが、そうはしたくない。おれは巨漢の拷問係と呼ばれているが、本来は平和主義者なのだ。こうして食べものを持ってきたくらいだからな。むだだから食わせるなと隊長は命じたが。どのみち、明朝には死ぬのだから」

プレシュタンは急いであとずさりし、

「なぜ、殺す？」と、たずねた。「ほかの巡礼者と同じことをしただけじゃないか。あんたたちと同じトナマーなのに、なぜ、おれたちだけが冒瀆者なんだ？」

看守はなかにはいり、盆を寝台のあいたところに置くと、肩をすくめて、「法律にそう書いてある。神が定めた法だ。われわれにとり、当然のもの。あんたたちは異国の船からきたのだろう？」

「そうだ」と、エルウィシュが応じた。「だが、おれたちが船をぬけだしたことを船長は知らない。クノサウルであまりにひどいあつかいをうけたもんで、ここがほかの港町と違う原因をつきとめたいと思った。それだけだ」

巨漢はかぶりを振り、

「ほかの港町のことはよく知らないから、それについてはなにもいえない。食事の礼として、話を聞かせてくれないか。それを神が禁止しているとは、すくなくともおれは聞いてない。とりあえず、食べろよ。時間は充分ある。おれの名はケシムだ」

看守はベルトにくくりつけてあった水筒をさしだす。囚人ふたりはさっそく食事にかかった。ケシムは格子戸のところで見守る。その大きな顔には同情めいたものがあらわれていた。

「あんたたちを死なせるのは残念だ」と、慎重に口を開き、「ふたりとも若い……おれにもちょうど同い年くらいの息子がいるが、こんなふうに失いたくはない。前にこうした処刑があったのは、ずっと昔のことだ」

「クノサウルに犯罪者はいないのか？」エルウィシュが口を動かしながらたずねると、

巨漢はほほえんだ。この奇妙な町でふたりが見た、はじめての笑顔である。

「もちろんいるさ。神はわれわれの面倒を見てくださるが、それに満足できない者もいる。盗みや詐欺をして埋めあわせようというのだな。ところが、巡礼の義務をはたすため、ふたたびヴィマー広場を訪れると、神はすべてお見とおしというわけだ！　罰がくだる。だが、死刑にはならない。生き埋めにされるのは冒瀆者だけだ。あんたたちのようなよそ者さ」

「まったく不公平な話じゃないか！」と、プレシュタンが怒りの声をあげた。「治安維持隊の隊長は〝判決〟といったが、だれがそれをくだすんだ？」

「隊長自身だ」ケシムがぼそりといった。「神の指示にもとづいてだが。神が隊長の口を通して判決をいいわたす」

エルウィシュは顔をしかめた。

「ずいぶん一方的な法廷だな。被告に弁明の機会をまるであたえないんだから。おれたちの故郷ベシュラではありえない。もちろん、誤判もたまにはあるが」

巨漢の看守は肩をすくめ、

「おれにはどうしようもない。わかってほしい。ところで、ほかの町や国の話を聞かせてくれるな？　すぐにはじめてくれ。もう時間がない。ほかにもやることがたくさんあるのだから」

ふたりは男の望みをうけいれた。話しおえたとき、ケシムはとても憂鬱そうな顔をしていた。

「じつにうらやましい」と、看守は正直にいった。「いま聞いた話のような自由は、われわれにはない。だれもほかの国を見たことがないのだ。たしかに、あんたたちの基準からすれば、すくなくとも死刑に値するような悪いことはなにもしていないわけだな！」

エルウィシュは男を探るように見つめる。いい考えが浮かんだのだ。

「だけど、助けるのはかんたんさ」と、さらりといってのける。「牢屋の鍵をかけ忘れたりするだろう？　それが偶然、おれたちの牢屋ってこともありえる。あんたはさっき、ほかにもやることがたくさんあるといったな？　それをやってもどってきたら、おれたちが消えていたというわけだ。この程度の軽いミスなら、だれも責めたりしないだろう」

ケシムは顎を掻きながら考えこんでいる。

「たしかに、忘れることはある。だが、あんたの思惑どおりにはいかないぞ。死刑囚が逃亡したとわかれば、おれは神のもとに連れていかれる。そうすれば、手助けしたのがすぐにばれる。その結果、職を失って重罰をあたえられ……だめだ、そんなことはできない」

エルウィシュは希望を打ちくだかれながらも、もう一度説得を試みた。

「息子のことを考えてみてくれ！」と、強く訴えかける。「あんたの息子と同じく、おれたちももっと生きていたいんだ。あんたが罰をうけない方法がある。いっしょにきて、おれたちが船にもどるのを手伝えばいい！　そうすりゃ、あすには遠くはなれた外海に出られるぞ。そこまで行けば、神ももう手出しできないだろう。異国に行き、美しいものを見ることができるんだ。興味はないか？」

ふたりは期待に満ちて、巨漢の顔を見つめた。どうやら、エルウィシュの言葉は男にとどいたらしい。ケシムはかたく目を閉じて深呼吸している。数分後、決心したようにうなずきながら、

「わかった、そうしよう！　いまでは知る者もないが、おれはクノサウルにある無数の地下道をすべて把握しているんだ。何本かは城壁の下を通り、港の向こう側までつづいている。そのぬけ道を通れば、だれにも気づかれずに逃げられるというわけだ。いずれにしても、夜になるまで待とう。おれもここで寝泊まりする。いまのところ囚人はあんたたちだけだから、朝までだれもわれわれのことは気にかけないだろう」

船乗りふたりは跳びあがってよろこんだ。プレシュタンが目に感謝をにじませ、

「けっして後悔はさせない」と、力をこめていった。「フィルナク船長が感謝するよ。あんたは神の祝福なしでも幸福を見つけられるさ。《グラガン》はあすまで港で待って

いる。そして、おれたちを乗せ……」

そこで話を中断した。外から怒号が聞こえてくる。ケシムは突然、からだをすくませ、態度を変化させた。

まるで聞こえない声に耳をそばだてるように、直立したまま動かない。みるみる顔の表情が失われ、仮面をかぶったように硬直した。数秒後、いきなり踵《きびす》を返すと、ロボットのようにぎごちない足どりで格子戸に向かった。慎重に施錠し、牢屋を出ていく。

怒号はますます大きくなり、あとにのこされたふたりは心配そうに顔を見あわせた。

「もう逃げられないかもしれない」エルウィシュがかすれ声でいった。「神はおれたちの話を聞いていたんだろう。そのさしがねで、やつらがやってきたんだ……われわれをこの場で葬ろうと。ケシムも巻きぞえだ！」

＊

「ありえない！」フェルマー・ロイドが叫んだ。しかし、次の瞬間、その顔が驚愕のあまりゆがむ。マイクロ・デフレクターが機能していない！　それだけではなかった。コンビネーションのあらゆる装置が次々と機能を停止していく。グッキーのほうも同じ状況のようだ。

これではこちらの姿はまる見えだ。まったく無防備な状態である。怒り狂う人々が目前に迫っているのに。

しかし、ネズミ＝ビーバーはこれしきのことでは動じない。無数の修羅場《しゅらば》を切りぬけてきたのだ。うれしそうに一本牙を見せると、意識を集中させる。迫ってくるトナマーをテレキネシスで押し返そうと。

そのつもりだったのだが、なにも起こらない。興奮した人々はなんなく近づき、ミュータントをとりかこんで襲いかかった。だが、コンビネーションに守られたふたりにはたいした打撃ではない。それでもグッキーは事態の深刻さを認識し、フェルマー・ロイドの手を握った。この危険な場から逃げだすため、相棒を連れてジャンプしようとしたのだ。

だが、それもできなかった。ネズミ＝ビーバーにとり、カタストロフィといっていい。これまでずっと宇宙の救済者と自負してきたのに、超能力をことごとく奪われ、まったく優位性を持たないただの生物になりさがってしまったのだから。

「悪魔だ！」ふたりをとりかこむトナマーが叫ぶ。その声は外側マイクを通じて、バッテリーにつながるトランスレーターに送られ、ただちに翻訳された。コンビネーションのほかのすべての装備は機能を停止していたが。

フェルマー・ロイドはなんとかパラライザーをぬき、やみくもに撃った。だが、ほかの機器と同じく、パラライザーも機能しない。観念して銃をホルダーにもどす。

そのとたん、自由が失われた。トナマーに押さえつけられ、かつぎあげられたのだ。群衆の叫びはどんどん大きくなる。

「悪魔をとりおさえろ。逃がすな！　神の命令だ」

グッキーは手足をはげしくばたつかせて抵抗したが、ちいさなからだは周囲の巨体にのみこまれて見えなくなった。フェルマー・ロイドも本能的に抵抗したものの、すぐにむだだと悟り、観念する。

〈あきらめろ、ちび！〉と、強く念じた。〈この人数が相手ではしょせん勝ちめはない。とりあえず服従するのだ。さもないと、この場で殺されるかもしれない〉

答えがない。わずか数歩の距離なのに。それがすべてを説明していた。

未知ミュータントのインパルスだけが、思考ブロックを破って侵入してくる。思わずうめき声をあげるほどの強烈さだ。通常の感覚は麻痺状態となる。どこか遠くから、ぶあつい遮断材を通したように、角笛が聞こえた。ジュフテに近づいてくる。音がやんだとたん、からだをおさえていたトナマーの力が和らいだ。

乱暴に地面に落とされる。解放されたとはいえ、絶望的な状況に変わりはない。群衆にとってかわり、制服姿のトナマーが大勢あらわれただけのこと。その轟く声が広場にこだまする。

「悪魔は拘束した。神おんみずからの助言により、とりおさえることができたのだ。おちつくがいい。祝福はひきつづきあたえられる。神が判決をくだすまで、この冒瀆者たちも同じく牢獄に監禁する」

〝同じく〟とは……？　フェルマー・ロイドは驚いた。つまり、自分たちの前にだれかがきたということ。ジョープ・ベルトリでないのはたしかだ。遠くはなれたシフト内で待機しているはず。連絡が突然とだえて、心配しているかもしれないが。

しかし、いまはそれどころではない。再度、意識を集中。いつのまにか、未知のインパルスは弱まっていた。ふたたび思考も視界もはっきりしてくる。先ほどインパルスが一時的に強まったのは、住民たちの攻撃と関連があるにちがいない。

コンビネーションの装備も超能力もふたたび機能するのではないか……ロイドはひそかに期待したが、裏切られた。まるで、未知の精神存在が超能力を完全に吸収してしまったかのようだ。コンビネーションのマイクロ・コンヴァーターもきかない。ただ、トランスレーターだけが依然として機能し、外部の音をひろっている。

とはいえ、もうほとんどなにも聞こえない。制服姿の男が話しおえると、広場はふたたび静寂につつまれた。姿を見せない奇妙な神は、信者を完全に支配しているらしい。

トナマーにがっしりとつかまれ、ふたりは塔の前から横道に連れだされた。ネズミ＝ビーバーに視線をうつすと、ただまっすぐ前を見つめていた。完全に意気阻喪している。こんなグッキーは見たことがない！

それにしても、住民が自分たちの存在を容易にうけいれたのが不思議でしかたない。人間やネズミ＝ビーバーを見るのははじめてのはず。実際、トナマーの目にふたりの姿は悪魔とうつるだろう。奇妙なコンビネーションやヘルメットが、さらにその印象を強めるのだから。だが、まるで気にとめるようすはない。ここでは神が無限ともいえる権力を持つようだ。

小道をいくつかとおり、大きな円形の建物の前に出た。入口には、目だつ赤い制服姿の大男が待ちかまえている。だれもひと言も話さない。ミュータントふたりはせまい通廊を通って、格子戸で仕切られたちいさな牢屋にほうりこまれた。巨漢は扉を閉めて古風な鍵をかけると、あっさり去っていった。

フェルマー・ロイドはコンビネーション内のよどんだ空気に耐えられなくなり、ヘルメットを開けた。グッキーに笑いかけようとするが、ゆがんだしかめっ面にしかならない。

「ちび、われわれ、みごとに罠にはまったぞ！　ひどい窮地に追いこまれた……というのは三十六世紀最大の過小評価にすぎないな。正当に評価すれば、絶体絶命だ！」

7

エルウィシュとプレシュタンはおちつきをとりもどした。

外の怒号はしばらくするとおさまった。つまり、ふたりに向けられたものではないということ。ケシムも姿を見せない。すこし前に、おかしな態度で出ていったのだが。ほっとして、硬い板ばりの寝台にからだを伸ばす。とりあえず命びろいしたようだ。

それもつかのま、ふたたび叫び声が聞こえてくる。やはり自分たちを連れにきたのか？　すぐに刑を執行するために……

ふたりはうろたえて跳びおき、奥の壁までさがる。

目を大きく見ひらいた。治安維持隊が非常に奇妙な生物を連れてくる。一方は、体形だけはトナマーに似ていた。輝く衣類を身につけ、ガラス製のかぶりものを頭にのせている。もう一方も同じ格好で、大きさはほぼ半分。動物のように見えるが、グロソフトに生息するものとはまったく違う。

新入りは向かいの牢屋に収容され、ケシムと治安維持隊は去った。ふたりの若者は動くこともできず、じっと観察。

牢屋の暗さに目が慣れたので、向かいのようすがよく見える。大きいほうが透明のかぶりものを頭からはずした。目、耳、鼻、口の大きさがトナマーとはまったく異なる。肉垂もなく、肌は滑らかで奇妙なほど青白い。

大きいほうがちいさいほうになにか話しかけるが、ふたりには理解できない。ちいさいほうが頭のガラスをはずすと、とがった赤褐色の顔があらわれた。毛でおおわれており、まるい大きな耳がある。ちいさな手を、まるで思考力があるかのように動かしている。グロソフトの動物では考えられない。

この動物がしゃべるのを聞いて、エルウィシュとプレシュタンは思わず全身を震わせた。耳が痛くなるほど甲高《かんだか》いきんきら声だ。トナマーの言語はおもに低い喉頭音で構成されているというのに。

さらに驚いたのは、このちいさな生物が話す言語を理解できたこと。

「だれに向かって話しているつもりなの、フェルマー?」と、はっきり聞こえてくる。

「まったく、連中に不意打ちされたと考えるだけで気分が悪い。ぼくら、テラのミュータント部隊の鑑《かがみ》だよ。よりにもよってこんな目にあうなんて……」

聞こえたことをすべて把握できたわけではないが、内容は明らかだ。この奇妙な生物も自分たち同様、クノサウルの神の犠牲者にちがいない!

エルウィシュは友を見つめ、ささやいた。

「おれたちがここにいると明かすべきじゃないか？　どこからきたかわからないが、すくなくとも意思の疎通はできそうだ。たがいの意見を交換すれば、きっと役だつにちがいない」

プレシュタンはいぶかしげに向かいの牢屋を凝視するが、決心をつけかねて耳を振った。そもそもクノサウルに上陸することを提案した張本人だが、とうに生還をあきらめている。しかし、エルウィシュは違った。すぐに決意して、行動に出る。

壁ぎわをはなれ、格子戸まで近よった。内心は不安におののき、顔の肉垂も小刻みに震えたが、無理やり緊張をおさえた。向かいの牢屋の奇妙な生物がこちらを見て驚いている。さっきの自分と同じ反応だ。そう思い、エルウィシュは満足をおぼえた。

＊

まず、フェルマー・ロイドが驚きから立ちなおった。格子戸に近づき、しばらく相手を観察。そして、感情をあらわさずにうなずく。未知種族とはじめて接触するときには、この方法がつねに有効なのだ。

「はじめまして、トナマー」細心の注意をはらって言葉を発した。トランスレーターがただちに翻訳。「われわれはそちらにとり、見慣れない存在だろう。だが、外見で判断しないでほしい。われわれ、遠くからこの町にやってきた。悪意はない。ただの見物だ。だが、神はそれを好まないようだな。襲いかかり、われわれをこの牢獄にほうりこんだ。こちらの事情はそうしたところ。で、きみはだれだ？」

トナマーの文明水準にあわせ、意図的に単純な言葉を選びながら話した。案の定、相手からは狙いどおりの返答がある。

「なるほど。だったら、おれたちと同じだな」と、エルウィシュ。奇妙な異人に対する不安感が払拭《ふっしょく》され、興奮している。自分たちに起きた出来ごとを話しだした。ミュータントは注意深く耳をかたむける。

「この町は本当に謎だらけさ」と、トナマーは締めくくった。「おれたちがよそ者だと、だれも気がつかなかったんだ。だが、ジュフテの前で平伏したとき、神はただちに見ぬいた。すごい魔力を持ってるにちがいない」

なにが起きたのか男から正確な説明を聞いたあと、フェルマーは同意するようにうなずいた。比較的未開のトナマーが神の巨大な魔力を信じるのは無理もない。超能力者の存在など想像もできないのだから。かといって、ふたりにそれを話しても、いまの発展段階では理解不能だろう。そこで、わかる範囲に絞って説明。

「魔力とは違うが、似たようなものかな。いずれにしても、あの建造物のなかにいるのは神ではない。われわれと同じく、かぎられた生命を持つ存在だ。なんらかの方法で、クノサウルの住民を支配する力を手にいれたのだろう」

「クノサウルだけじゃないぞ」と、プレシュタン。いつのまにか、友のわきまできていた。「この大陸はすべて神の支配下にあるんだ。大きな町ならどこにでもヴィマー広場とジュフテがある」

「本当か？」ロイドが驚いてたずねる。若いトナマーは力強くうなずき、

「本当だとも。かれこれ数百年になる。そのあいだ、何度おれたちみたいなよそ者が上陸したことか。その多くは帰ってこなかった。もどった者は全員、口をそろえて同じことをいったそうだ」

フェルマーはネズミ＝ビーバーに合図を送り、トランスレーターのスイッチを切った。これでじゃまされずに相談できる。

「どう思う、グッキー？」新ミュータント部隊隊長は考えこむように、「かれの話が本当なら、ここクノサウルだけでなく、ほかの町にも超能力者がいることになる。しかし、わたしはまったく気づかなかった。きみは感じたか？　なにかかくしてないか？」

イルトは不快感もあらわに友を見つめ、

「ぼくをだれだと思ってんのさ？」と、怒りをこめていった。「ペリー・ローダンから託された任務の遂行中に自分の利益を考えて行動してんじゃないかって、本気で考えてる？　ぼかあ、たまにばかなこともするけど、今回のような任務ではもちろんしないよ。

もし、あんたがほんの一部でもそれを証明できるんだったら、自慢の牙を削ってもいい」

ロイドは顔をしかめ、

「そんなに怒るな、ちび。信用するよ。だが、謎は謎のままだ。もし、この大陸の複数の場所で、ここと同じような現象が同時に起きているとしたら、まったく奇妙だな。どんなに強力なミュータントでも、数千キロメートルはなれたところまで休みなく影響をおよぼせるはずがない」

「時差を考慮にいれたら、本当に休みなくだね」グッキーがうなずく。「でも、この奇妙なインパルスの発信源は、まちがいなくこの町だよ。フェルマーも、ほかの場所では感じなかったでしょ。つまり、グロソフトには〝ありえないもの〟が存在してんのさ。それにしてもおもしろくないのは、ぼくらを無力化したこと！　いつもどおりの力が出せれば、ニンジンがどこで育つか、この神に思い知らせてやるのに」

フェルマーは肩をすくめ、ふたたびトランスレーターのスイッチをいれた。

「これからどうなるか、わかるか？」と、トナマーにたずねる。エルウィシュは元気なく耳を垂らし、

「おれたち、冒瀆者と見なされたからな。治安維持隊の隊長がいうには、明朝早くヴィマー広場で生き埋めにされるんだと」と、意気消沈したようすでつづける。「さっき看

守のケシムをいいくるめ、脱走の算段をしたんだ。やつもいっしょに逃げるつもりだといったが、まだその気かどうかはわからん。あんたたちがやってきたから……」

「そりゃ悪かったね。ぼくら、じゃまするつもりはなかったんだ」めずらしく、ネズミ＝ビーバーが思いやりをこめて謝った。頰を膨らませて、さらに小声でつけくわえる。

「ぼくらもあんたたちと同じ運命かもね。ここの連中にとって、いわゆる冒瀆者と悪魔とのあいだに大差はないようだから……」

「グッキー！」フェルマー・ロイドが非難をこめていった。「まさか、あきらめるつもりじゃないだろうな？ おまえさんらしくもない。それに、こっちにはまだシフトも《クロンダイク》もある。それを忘れるな」

グッキーは弱々しく笑った。

「なにいってんだい！ この神はぼくらの力を容易にとりあげたんだ。かなりのやり手にちがいないよ。シフトも動かなくできるかも。そうなりゃ、ベルトリだってお手あげさ。で、ブラム・ホーヴァットのほうは、ぼくらがこんなかんたんにやられるとは想像もしないから、行動を起こす前にしばらくようすを見るに決まってる。《クロンダイク》が到着するころには、ふたりとも広場で生き埋めになってるかも……」

フェルマー・ロイドはなにも答えなかった。

もう夕方近いはずなのに、状況にはまったく変化がなかった。だれも囚人のことを気にかけるようすがない。

四人はしばらくのあいだ話しあっていたが、堂々めぐりをくりかえすばかりで、話すこともなくなった。エルウィシュとプレシュタンは牢屋の奥にひっこみ、寝台の上に寝転がる。フェルマー・ロイドとグッキーも寝台に横たわり、まずそうに凝集口糧をかじっていた。

*

ミュータントの超能力はいまだに復活しない。できるのは、未知の精神存在の混乱したインパルスをキャッチすることだけ。その結果、想像以上に強力なインパルスにさらされる。これは、とりわけグッキーにとって異常事態だ。イルトはすっかり投げやりになり、フェルマーの善意の言葉もとどかない。

ふたりの装備も相いかわらず機能しなかった。コンビネーションの機器類もパラライザーもだめで、トランスレーターのみが完璧に作動。理由はわからない。

これもクノサウルの〝神〟の意志か？　おのれと同様ミュータントであるわれわれの存在に気づき、無力化したまましばらく放置しておこうと考えたのか？　そうすれば、あっさり服従させられるとでも？

フェルマー・ロイドはそう考え、苦々しく笑った。敵の正体はわからないが、ペリー・ローダン配下のミュータントをなめてもらっては困る！

外でふたたび音がしたとき、四人ははっとした。ほかに囚人はいないのだから、自分たちに用があるにちがいない。

入口の扉が開き、木製の床に重い足音が響く。やがてケシムが姿をあらわした。

経験豊かなミュータントは、看守の顔を一瞥し、自身をコントロールできていない状態だと判断。顔つきが硬く、無表情だ。肉垂はだらりとし、目はうつろで焦点が定まらない。看守は耳ざわりな摩擦音をたてながら鍵を開けた。この原始的な錠がどれほど頑丈かは、すでにフェルマー・ロイドが確認ずみである。

「ついてこい！」男が命じた。奇妙なほど抑揚のない声だ。そのきびしい響きから、すこし前までのケシムではないとわかる。エルウィシュに説得され、囚人といっしょに逃げようと考えていた男は、いまや完全に超能力の支配下にあるのだ。意にそぐわない者は仮借なく殺すにちがいない！

これまでは武器を持たずにやってきたが、いまは刀を手にしている。かなり大きく重量がありそうで、ふつうの男なら両手でもあつかえない代物だ。それをケシムは片手でなんなく持って身がまえている。襲われたら、ただちに反撃しようと。

とはいえ、だれが襲うというのだろう。この巨漢とくらべれば、長身のトナマーでさえ小柄で弱々しく見える。フェルマー・ロイドは頑丈なからだつきだが、トナマーよりもはるかにちいさく、小人のようだ。隣りのグッキーは身長一メートル。ほとんどおもちゃである。

抵抗を試みたのは、その、おもちゃのようなグッキーだった。テレキネシスで巨漢に対抗しようと、思念をひたすら集中。いつもならたやすいのだが、いまはどれほど力をこめてもびくともしない！　超能力は完璧に奪われたままだ。まるで、はじめから存在しなかったように。

このまま処刑場へ連行される……そう思い、エルウィシュとプレシュタンは抵抗しようとしたが、刀を持ったケシムの目が警告のように鈍く光ったのを見て、すぐに断念。ロイドとグッキーはみずから牢屋の外に出た。すべてを裏で操っているクノサウルの独裁者とようやく対峙できるかもしれないという、かすかな希望をもって。

だが意外にも看守は、囚人を外に連れださず、建物のさらに奥へと追いたてた。

そこには木製の重い扉があった。ケシムは右手に刀をかまえて囚人を牽制《けんせい》しながら、左手で扉を軽々と開ける。その向こうに、地下道につづく急な石段があらわれたとき、若いトナマーふたりは思わずあとずさった。地下道の奥から吹いてくる風の冷たさよりも、影のない明るい光におののいたのだ。

看守は不満げな声を出し、刀を持たない左手をあげて、プレシュタンとエルウィシュを軽く押した。ふたりは決心したように前に進み、よろめきながら階段を降りていく。フェルマーはイルトに目で合図すると、ふたりにつづいた。

言葉をかわす必要はなかった。この人工光がすべてを物語っている。グロソフトでは電力はまだ開発されていないはず。つまり、この地下道はすでに未知の相手の領域にあるということ！　ジュフテにつながっているにちがいない。

ケシムが背後で大きな音をたてて扉を閉め、無言で最後尾をついてくる。この道を知っているのだ。トナマーにとり異質なようすの地下道を、平然と歩いているのだから。エルウィシュとプレシュタンの話によれば、看守は〝やることがたくさんある〟といったらしい。それが塔の主人のための任務であることは明らかだ。

さらに、もうひとつ思いあたる……これで推理はほぼ完成だ。エルウィシュから聞いた、神の啓示にしたがわない者への罰に関して。かれらはこの道を通ってジュフテに連れていかれ、そこで未知のミュータントの影響を直接うけたにちがいない！

そのあと、生涯にわたり神に従順であったというのもうなずける。だが、ロイドとグッキーに対しては、そうかんたんにはいかない。超能力を奪われたままでも、思考をブロックすることはできるのだから。

＊

地下道は数百メートルにわたってつづいていた。不規則に曲がっており、壁の仕あげは荒く、天井も比較的低い。だいぶ前にこの塔の住人によって掘られたらしい。ところどころの分岐点に見かける側道は真っ暗だが、この本道にはずっと光が満ちていた。とはいえ、光源は見あたらない。

「聞こえる?」と、グッキーがこっそり相棒をこづき、ささやいた。「なんの音かな?」

フェルマー・ロイドは肩をすくめた。たしかに音が聞こえるが、まったく正体不明だ。なにかを規則的に打つ鈍い音で、機械の動作音のようでもある。ときおり口笛に似た音や蒸気を発するような音が混じった。それはどんどん強くなり、地下道に響きわたる。やがて、かすかに青く光る金属製の巨大な扉の前に出た。

グッキーは緊張し、ひゅうとちいさな声を洩らした。ケシムはトナマーふたりに気をとられていて、なにもいわない。若者たちは大音響に死ぬほどおびえて全身を震わせ、何度も巨漢の手をすりぬけて逃げようとした。そのたびに、情け知らずの看守が力強い手でつかまえ、軽々と持ちあげて前に押しだす。

一行が近づくと金属扉が自動的に開き、機械音がはげしい勢いで襲ってきた。扉の向こうに短い通廊が見え、その奥には上につづく階段がある。突然、ケシムが立ちどまり、ふたたび刀で脅した。

「おまえらだけで行け！」相いかわらず仮借ない声だ。「神がお会いになりたいそうだ！」看守はさがると、すぐに扉を閉めた。あとには囚人四人だけがのこされる。

この瞬間、プレシュタンがとりみだした。すすり泣きながら走りだし、扉に跳びついて両こぶしでたたく。もちろん扉はびくともしない。開閉スイッチも見あたらないのだ。

「出してくれ！」船乗りは理性を失い、叫びつづけた。「《グラガン》に乗ってベシュラに帰りたい！」

一方、エルウィシュは看守が姿を消したとたん、驚くほど冷静になった。それを見てフェルマー・ロイドは合図を送る。ふたりで暴れるプレシュタンをおさえ、扉からひきはなした。

顔は色を失い、肉垂が震えている。ヒステリックに叫び、フェルマーとエルウィシュをふりはらおうとする。ミュータントは、これまでテラナーのあいだで何度も効きめが実証されている手段をとった。若者の顔を平手打ちしたのだ。

プレシュタンは叫ぶのをやめ、一瞬くずおれそうになる。だが、その目はすぐに生気をとりもどした。グッキーがなだめるようにうなずき、

「おちついたね。ぼくを見なよ。あんたよりもずっとちいさいけど、ちっとも恐かないぜ。ふたりとも、クノサウルの秘密をあばきたがってたじゃないか。いまこそチャンスだ。ぼくらも援助するからさ」

若者はとまどった顔をしたものの、もう騒ぎはしなかった。ネズミ＝ビーバーが前に出て、階段をよちよちのぼりはじめる。トナマーふたりがつづいた。フェルマー・ロイドは腕を組み、若者たちを安心させるようにいった。

「この音を恐がる必要はない。ごくふつうの現象だから。上部の機械が作動している音だ。まもなく見えてくるだろう。そうすれば、あんたたちも安心するさ」

階段をのぼりきると、低い丸天井のある小部屋に出た。まだ地下のようだ。騒音は耐えがたいほど大きくなっている。その原因をついに見つけたネズミ＝ビーバーは、機械音に負けない甲高い音で口笛を吹いた。

「こいつは驚いた！」と、あきれたように叫ぶ。「なんてことだ、フェルマー。古代の蒸気機関だよ！　これがなにを意味するかわかる？」

フェルマー・ロイドも、感動したようにうなずいた。

「わかるとも、ちび。われわれの高性能探知機器が、発信機以外のエネルギー供給装置をまったく発見できなかったのも無理はない！　この蒸気機関と上部につながれたジェネレーターが電気をつくっていたのだ。こんなこと、だれが考えつくものか」

突然、エルウィシュが納得したようすで話しかけてきた。

「これが蒸気機関か？　話に聞いたことはあるが、見るのははじめてだ。ヤロシュ大陸で発明されたそうだが、ベシュラにはまだない。一基で多人数の働きをするとか」

フェルマーは若者の肩をたたき、

「グロソフトの文明はわれわれの想像以上に進んでいたのだな。蒸気機関は多くの目的に応用できる。たとえば、ほかのさまざまなマシンとつなぎ、工場を操業させるとか。ここでは、われわれをつつむこの明るい光をつくっている。わかっただろう。ものごとにはすべて理由があるのだ」

四人は熱を放射して蒸気を吐きだす〝怪物〟をとりかこんだ。火室の前には石炭が山のように積まれている。グロソフトで石炭が燃料として使われていることは、すでに確認ずみだ。ケシムの任務のひとつはこの機械の維持管理にちがいない。

べつの階段をのぼりきると、ふたたび金属扉が自動的に開いた。つまり、ここには完璧に機能する自動システムがあるわけだ。エネルギー供給装置自体は、この数百年のあいだに壊れたのだろう。それで、原始的な機械で代用せざるをえなかったにちがいない。

一行のうしろで扉が閉まると、突然、騒音が聞こえなくなった。相いかわらずまばゆいほど明るい光が、奇妙な装置を照らしだす。どれも作動していない。グロソフトで製造されたものでないのは明らかだ。

トナマーふたりは驚きながら、この異質な世界を見まわした。一方、ミュータントふたりはまったく違うことを考えている。

「気がついた、フェルマー？」ネズミ＝ビーバーがいぶかしげに、「ぼくら、ジュフテ内部にいるはずだよね。だけど、はなれたところで感じたときより、謎の思考インパルスはずっと弱まってるみたい。なぜかな？」

ロイドは肩をすくめたが、手首のクロノメーターを見てひらめいたらしく、

「もう夕方だ。きょうの祝福が終了したからじゃないか。どれほど有能な超能力者でも休息は必要。それはわれわれがいちばんよく知っている」

グッキーはおちつかないようすで、

「そりゃそうだけど、状況はよくないよ！　いまなら、敵はぼくらに集中できる。それが、この時間にジュフテに連れてこられた理由かも。ぶじに逃げだすには細心の注意が必要だね！」

若者ふたりが近づいたので、フェルマー・ロイドは答えなかった。四人は開かれた連絡扉を通って次の部屋にはいる。ここもほぼ同じ状況だ。先へ進むと、さらに上階につづく階段が出現。

のぼりながら、長方形の窓からヴィマー広場を見おろす。フェルマーがいったとおり、夕闇があたりをつつみ、広場には掃除夫以外だれもいなかった。昼間にトナマー数千人がのこしたごみをかたづけている。

「急ごう！」と、グッキー。神経質になっているようだ。結果はどうあれ、早く決着をつけたいのだろう。超能力なしでは、まるで裸同然と感じているにちがいない。

一行はべつの扉にたどりついた。奇妙にいりくんだ紋様がけばけばしい色で描かれている。この奥に重要な何者かがひそんでいるのは明らかだ。ミュータントふたりの緊張感が高まる。フェルマー・ロイドは無意識にパラライザーに手を伸ばしたが、役にたたないことを思いだし、不機嫌な顔でもどした。

肉体的にも精神的にもまったく無防備な状態で、神と対峙しなければならない。避けて通る道はないのだ。

扉が低くうなりながら開いた。ミュータントふたりはためらいながら、足を踏みいれる。トナマーたちもあとからついてきた。冷静なように見えるが、ふたりの受容能力はもう限界だった。未知の神の前に出るとわかっていても、恐れさえ感じない。

そこはジュフテの一階層すべてを占めるほどのひろい部屋である。突然、ネズミ＝ビーバーが甲高い声をあげた。驚愕と恐怖がいりまじっている。

目の前の信じがたい光景に、グッキーの両目が大きく見ひらかれた……

8

《クロンダイク》艦内には倦怠感が蔓延していた。

軽巡洋艦はすでに惑星の周回軌道を六周した。乗員六十名にはなにもすることがない。ジャグプルIIに危険がないように見えたため、ホーヴァット艦長は緊急出動態勢を解いていた。中央司令室には艦長のほか、航法士と乗員二名が待機するだけである。

ベルゴル少尉があくびをかみ殺しながら立ちあがった。コーヒー自動供給装置に向かい、カップ二杯を満たす。ひとつを少佐にわたすと、ふたたび成型シートにもどり、熱いコーヒーをすすりながら、不機嫌そうにセクター・スクリーンに目をやった。艦の下方を滑るように移動する惑星がうつっている。活動的な少尉にすれば、待機するしかない状況というのは、手持ちぶさたでいらいらするのだ。

からのカップを塵芥《じんかい》用シャフトにほうりこむと、シートを回転させ、ブラム・ホーヴァットを見つめる。

「不吉なことをいうようで申しわけありませんが、艦長。ミュータントたちから連絡がないのが気になります。定期連絡をいれるよう決めておけば、状況を把握できたのですが。われわれがなにも気づかないうちに、いまごろ惑星で、事件に巻きこまれているかもしれません」

少尉の性格をよく知っている艦長はほほえんだ。肩をすくめながら、

「ロイドとグッキーは特別将校だから、通常の服務規程には縛られない、キャス。つまり、独自の手段で任務にあたるわけだな。それこそが成功の鍵なのだ。連絡がなくても、心配することはないさ。もし危険が迫っていれば、早めに知らせてくるはず。まもなく台形大陸の上空にさしかかる。そのさい、こちらから呼びかけてみればいい。そうすれば、優しいきみも安心するだろう」

「わかりました、少佐」キャス・ベルゴルが不服そうに答えた。ブラム・ホーヴァットの言葉に軽い皮肉を感じて。

十分後、スクリーンに大陸がうつしだされた。その大部分はすでに夜の領域にはいっている。少尉は通信機のスイッチをいれた。すぐにジョープ・ベルトリの顔がスクリーンにあらわれる。なにかを口いっぱいに頬ばって嚙み砕いている最中だったが、大急ぎでのみこんだようだ。

「そちらの状況はどうだ、ジョープ？」航法士がたずねると、伍長は肩をすくめ、

「きわめてしずかです。この湿地帯ではトナマーをひとりも見かけません。ロイドとグ

ッキーは着陸すると、すぐに飛翔装置で例の町に向かいました。町からは一度だけ連絡がはいり、塔のような建造物の近くに降りて、調査を開始するといっていました。そのあと、連絡はありません」

「しかし、すでに数時間が経過しているぞ」ベルゴルが疑うようにいった。相手はにやにや笑いながら、

「心配ご無用です。やっかいな状況になれば、ただちにもどってくるでしょう。なんといっても、グッキーは第一級のテレポーターですから。ご存じなかったので？」

「わかった。交信を終わる！」少尉はなんとか感情をおさえた。こんどは、あからさまな嘲笑を浴びたわけだ。通信装置を乱暴に切り、不機嫌に黙りこむ。艦長に報告する必要はない。一部始終を聞いていただろうから。

《クロンダイク》は惑星の周回軌道をそのまま進む。しばらくすると大陸がスクリーンから消えた。惑星上のシフトでは、夕食を終えたジョープ・ベルトリが煙草に手を伸ばし、ゆったりとくゆらせていた。テラ史上もっとも有名なミュータントふたりがジャグプルⅡで任務にあたっているのだ。なにも起こるはずはない！

外はもう暗い。伍長は仮眠をとることにした。シフトの内部照明を切り、通信装置を自動に切りかえる。浅い眠りだからこれで充分だろう。ブザーが鳴ればただちに目ざめ、任務にもどれる。

伍長はふと目を開け、すこしうろたえてあたりを見まわした。キャビン内を照らす二衛星のほのかな光が、周囲を不気味な青白さでつつんでいる。フェルマー・ロイドとグッキーがあらわれるかと思ったが、外ではなんの動きもない。

なぜ、目がさめたのだ？

急いで探知機器を作動させ、表示計を見つめる。すべてゼロをしめしていた。首を振りながら、ふたたびスイッチを切り、シートによりかかる。次の瞬間、身をすくませた。はっきりと感じたのだ。だれかがキャビンにいる！

パニックとは無縁の男だから、とりみだしたりはしない。可能なかぎり気づかれないよう、ゆっくりと起きあがり、コンビ・ブラスターに手を伸ばす。キャビン内をそっと見まわした。

衛星の光だけでも充分よく見える。シフトにはほかにだれもいない。ふたたび首を振り、確認しようと内部照明のスイッチに手を伸ばした。

その手が空中に浮いたまま動かなくなる。未知の力に襲われて。

本能的に抗おうとしたが、まったく歯がたたない。未知の力はベルトリの内部になんなくはいりこみ、その精神を支配。数秒後、伍長は意志を持たない人形と化した。

そのかわり、手にしたコンビ・ブラスターが意志を持ったようだ。だが、出力を最大限に調整したのは、まぎれもない伍長の手である。その指はみずから認識することなく、引き金をひいた。ふたたび引き金から指がはなれたとき、ベルトリは死んでいた。

＊

グッキーの叫び声が部屋に鳴り響く。まるでファンファーレのように。

エルウィシュとプレシュタンが跳びのいた。フェルマー・ロイドもはげしく身じろぎしたが、すぐに立ちなおる。グッキーの声は徐々にしずまり、友とともに目の前の光景を凝視。

ひろい室内は明るく照らされていたが、調度はほとんどない。中央にガラスばりの小部屋があるだけだ。一辺がほぼ四メートルの立方体で、そのなかにグッキーを驚愕させたものがあった。

これが神なのか……？

小部屋のまんなかにプラスティック製の籠のようなものが置かれ、色とりどりのケーブルやチューブが床から伸びてつながっている。籠は大きくはないが、その〝寝床〟に横たわるからだには充分だ。

横たわっているのは、ネズミ＝ビーバーだった！

なにも身につけていないため、比較的若いイルトだとはっきりわかる。衰弱していることも。仰向けに横たわり、手足を弱々しく伸ばしていた。全身がむくみ、いたるところの毛がぬけ落ちている。

フェルマー・ロイドは思わずからだを震わせた。

ほんのすこし前まで、クノサウルの謎を解く鍵を見つけたと確信していたのに、またわからなくなった。グッキーの同胞は明らかに病気である。瀕死の状態といっていい。チューブによる栄養補給も充分とは思えない。混乱した思考インパルスはこのせいだったのだ。これでは明確な目的を持った行為はできまい。とても超能力で大陸全体を支配できる状態ではないだろう。

新ミュータント部隊隊長はいまいましげに唇をかたく結んだ。超能力が使えない状態では、ことの真相をきわめるのは不可能だ。

グッキーはずっと前から、ここになにがあるか知っていたのではないか……一瞬、そう疑ったが、相棒の状態をひと目見ればわかる。その驚きようは、嘘でも芝居でもなかった。目を見ひらき、目前の光景を理解しようと必死に脳を動かしている。いまもなお、ちいさく声を震わせていた。ロイドは見かねて、肘でつつくと、

「めそめそするのはやめろ！」と、わざと荒々しくいう。効果はてきめんだった。グッキーは口を閉じると、冷静に考えをめぐらせはじめ、こちらに向きなおった。咳ばらいをし、小声で応じる。

「わかっていたのか、ちび？」そうたずねると、友ははげしくかぶりを振った。

「正直にいうけど、フェルマー。たったいままでなにも知らなかったんだ！　かれの精神インパルスは、ふつうのネズミ＝ビーバーとはぜんぜん違った。それはあんたも知ってるとおりさ。ここにいるのは、まったく未知の存在だと思ってたよ。この友はどうやって、ここまできたのかな。故郷銀河から遠くはなれているっていうのに」

フェルマー・ロイドは若いトナマーふたりを一瞥した。入口のところで恐怖に震えながら、じっとしている。

「それはとりあえず、二次的な問題だな。イルトをここから救いだすほうが先決だ。明らかに重病で、助けを必要としている。《ソル》内でしか治療できないだろう。とにかく、連れだして医師に見せよう」

「がってんだ！」グッキーが同意。そのまま勢いよく動きだし、ガラスばりの小部屋に向かう。五メートルまで近づいたとき、突然、跳ねかえされた。まるで、見えない壁にぶつかったかのように。

「エネルギー・バリアか？」フェルマーが驚いてたずねる。グッキーはかぶりを振り、

「バリアには違いないけど、装置でつくりだしたんじゃないよ。なんか、オーラのようなものを感じた。たぶん一種のテレキネシスの壁だと思うけど。まったくやっかいだな……」

その場に立ったまま、対策を練る。そのとき、ふたりの思考ブロックをなんなく突破

し、テレパシー・メッセージが脳内に響いた。

〈なぜ、じゃまするのだ？〉と、明らかに拒絶的なようすで。〈この大陸によそ者をいれるわけにはいかない。まだわからないのか？　反抗的な住民同様に、おまえたちも罰する。そのために、ここに連れてきたのだ！〉

フェルマー・ロイドとグッキーはたがいに顔を見あわせた。

メッセージは一瞬のうちに消えさり、いま感じるのは典型的なネズミ＝ビーバーの思考流だけ。だが、極端に弱い。つまり、真の主導者はべつにいるわけだ。複数かもしれない。病気のイルトの脳は、いわば増幅器の役割をはたしているのだろう。

これが謎の答えにちがいない！

ガラスばりの小部屋のネズミ＝ビーバーはただの物体となり、おのれの意志をまったく持たない。一種の永続的昏睡状態におちいっており、精神が勝手に利用される一方で、肉体はゆっくりと朽ちていく。この状態で数百年も持ちこたえたこと自体、奇蹟といえるだろう。

突然、グッキーのちいさなからだが大きくなったように見えた。攻撃的に頭を前につきだし、

〈ぼくらを罰するだって？〉と、軽蔑したようにテレパシーで応じる。〈あんたたちのおつむがピーピーいってんのは、鳥やネズミだってわからあ！　すくなくとも、つねに

非常シグナルを送信してればいつかは受信されることくらい、理解できるだろ！　純粋に論理的な帰結だよ。一たす一が計算できれば、だれにでもわかるさ。あんたたちだって、クノサウルの神と呼ばれるくらいなんだからね〉

辛辣な反応が返ってきた。

〈意味はわかるが、理解しづらい比喩だな。われわれ、おまえが考えるほどおろかではないぞ。まったくその逆だ。さもなければ、ここにはいない。聡明すぎるために、仲間から追放されたのだから！〉

グッキーは振り返り、フェルマー・ロイドに目配せした。〝まかせて。この連中を手玉にとってやる……〟というように。

フェルマーはうなずいた。ネズミ＝ビーバーの策略の巧みさは、充分すぎるほど知っている。小柄なからだのせいで、しばしば過小評価されてきたが。

〈なるほど、あんたたちは聡明なんだね〉と、グッキーは寛容に同意をしめす。〈科学者かなんかだったのかな。禁じられた実験をして追放されたとか。でも、それはどうでもいいんだ。ぼくらの関心はまったくべつのところにある。なぜかくれてるのさ？　ぼくの同胞を利用して、ここの住民を弾圧してる理由は？　臆病で姿を見せられないの？〉

ミュータントふたりの脳内に、痛々しいため息のようなものが響いた。かなり時間をおいて、ようやく答えが返る。

〈姿をあらわすことはできない。なぜなら、肉体を持たないから。はじめからそうだったわけではなく、故郷惑星での実験の結果だ。われわれ、精神を肉体から解放することで、不死を手にいれようとした。実験自体は成功したものの、多くの不具合が生じたのだ。われわれが周囲を認識し、本当に〝生きる〟ことができるのは、肉体を持ち、かつ精神共生が可能な生物の存在によってのみとなってしまった……〉

この絶望的な答えには心動かされるものがあるが、グッキーは言葉の奥にひそむ悪意を感じとった。異人は同情をひこうとしているだけで、真実を語っていない。なにか、よからぬことをたくらんでいる！

そう思ったが、この思考が相手に伝わらないようにしなければ。目の前に横たわる同胞の姿が警告そのものだ。グッキーは相手の説明に納得したふりをして、

〈どんな気分だか、よくわかるよ〉と、深い同情の念をよそおう。〈あんたたちの名はなんていうの？　故郷惑星はどこ？〉

〈われわれ、Ｃｇｈリングに属する種族だ〉スポークスマンらしき異人が応じた。〈故郷惑星はここから四百光年の距離にある。故郷を追われたのは、おまえたちの概念でいえば〝大昔〟だ。当時はまだ肉体があったものの、すでに失いかけていた。小型宇宙船をあたえられ、ここグロソフトまでたどりついたのだ。だが、われわれを裁いた者たち

の策略により、宇宙船の反応炉はすぐに故障。その結果、グロソフトを飛びたつことが不可能となってしまったのだ。以後は原始的な手段にたよるしかなかった。かろうじて非常用発信機をつくることはできたが〉

〈で、どうするつもりだったのさ？〉と、グッキーが畳みかける。〈これまでの経緯を考えれば、だれかが救出にくるとは考えにくいよね〉

〈そんなことはない！　われわれはまだ希望を失っていないのだ〉きっぱりした答えが返ってくる。〈すでに長い歳月が経過した。Ｃｇｈリングの子孫たちは、われわれのことをもう忘れているだろう。それでも、いつの日か非常シグナルが同胞の宇宙船にとどくにちがいない。そうしたら、ここにやってきた乗員の精神と融合し、ふたたび故郷に帰ることができるのだ〉

〈そんじゃ、もっと長く待つことになるよ。非常シグナルは数光年もとどいてないからね〉グッキーが反論。これで必要なことはすべてわかった。次は挑発して、こちらに対する意図をはっきりさせればいい。〈本当はそれほど帰りたいわけじゃないんだろ？　ちいさいながらも思いどおりになる帝国をここに築いたんだから。意志を奪われた住民たちは指示どおりに踊るし、ぼくと同じネズミ＝ビーバーを媒体として使えるし。まったく身勝手な話だよ。同胞は瀕死の状態だ！　どういうつもりだい？〉

答えのインパルスははげしい敵意に満ちていた。グッキーが本能的に予期したとおりの内容だ。思わず身震いする。

〈もうむだ話は充分だ、イルト〉さきほどのスポークスマンとはべつの異人だ。その思考は鋭いが、とぎれがちである。〈たしかに、そこに横たわるおまえの仲間はもう長くない。まもなく精神が肉体から分離するだろう。われわれと長期間接触したせいで、こうなったのだ。だが、格好の代用品が見つかった。おまえが身がわりになるのだ……〉

9

これで、敵と味方が明らかになった！

グッキーは次になにが起きるかすばやく予測し、肉体喪失者とのコンタクトを断ちきって精神ブロックを構築。そのとたん、Cghリングたちの精神攻撃がはじまった。

強力という言葉ではあらわせない！　異人は以前から超能力を所有していたのだろう、仮借なく攻撃してくる。グッキーはうめき声をあげ、全身を震わせた。全力で耐えようとするが、この戦いに勝つのは容易ではないと、数秒後にははっきりわかる。すくなくとも二十人の敵を相手にしているのだから……

フェルマー・ロイドは、なすすべもなく隣りに立ちすくんでいた。

話の流れはすべて把握したが、友を助けるのは不可能だ。グッキーの精神ブロックを強化しようと超能力での介入を試みるが、依然として使えない。できることは肉体的な防御だけだと、ガラスばりの小部屋に向かい前進しようとしたが、見えないバリアに阻まれた。奇蹟でも起こらないかぎり、グッキーは負ける。そして、目の前の同胞と同じ運命をたどるだろう。

ここで敵に屈したら最後、だれもミュータントふたりを助けることはできない。グッキーの多様な超能力は、肉体喪失者との融合によりさらに威力を増すはず。ふつうの生命体ではとうていかなわない。コンビ船《ソル》が介入してもむだである。船と乗員全員が弾圧者に隷属することになるだけだ。

フェルマー・ロイドは落胆のあまり、うなだれて立ちつくした。グッキーを見ると、痙攣を起こし、身もだえしている。

この瞬間、だれも期待しなかった方向から救いの手がさしのべられた。

ガラスばりの小部屋のネズミ＝ビーバーが動きだしたのだ！　それまで閉じていた目を開け、プラスティック製の〝寝床〟の縁に手をかけると、衰弱したからだをゆっくりと起こす。新ミュータント部隊隊長はその思考を感じた。はじめは弱かったが、しだいに強くなる。

〈やつらのいうことを信じるな。連中は犯罪者だ！　わたしを誘拐して支配し、永遠といえるほどの長い歳月、自分たちに奉仕させた。しかし、いまはわたしに対する支配が弱まっている。きみたちを攻撃するためだ。いまこそ、手を貸そう！〉

嘘ではないとすぐわかった。突然、フェルマー・ロイドの超能力がよみがえったのだ。ただちに行動に出る。

ミュータント脳から〝精神的触手〟をグッキーのほうに伸ばし、コンタクトに成功。これで、崩壊寸前だった友の精神ブロックが強化された。同じことをガラスばりの小部屋のネズミ＝ビーバーも試みたため、グッキーのブロックはますます強まる。

この団結力の前では、数の上で優位に立つ肉体喪失者もなすすべがない。パニック状態となり、攻撃を停止。痛みにゆがんでいたグッキーのからだがゆっくりと伸びる。

「ふう」深呼吸をし、視線も定まった。「まったく大変だったよ。このずるがしこい連中、ぼくを支配しちまうところだった。あんがと、兄弟！」

〈きみは、グッキー……伝説のグッキーか？〉もうひとりのネズミ＝ビーバーは、自分に向けられた感謝の言葉に信じられないほど驚いたようだ。

〈そう、グッキーだよ、兄弟〉グッキーは久しぶりに一本牙を見せると、〈ところで、あんたの名は……そうか、ルイスっていうのか。でも、名前だけじゃよくわかんない。なにがあったのか、くわしく話してみて！〉

イルトふたりのあいだで、すぐに活発なテレパシー交信がはじまる。フェルマー・ロイドもそれに参加。

ルイスはかつて宇宙船の乗員であった。船はかなり前に大勢のネズミ＝ビーバーを乗せて出発し、そのあと、行方不明になったらしい。宙航用計器の故障で放浪の旅を余儀なくされ、最終的にこの未知なる銀河にたどりついたという。

船長は偵察のため、搭載艇を近くの星系に送った。そのうちの一隻がコンヴァーターの故障により遭難。ただひとり生きのこったルイスは、トカゲ類に近い種族であるCghリングの船に救助された。ルイスはその後も母船を発見しようと試みたが、すべて失敗。やむなく、Cghリングの提案をうけいれ、かれらの故郷惑星に住むことにした。

わずかな超能力しか持たないCghリングにとり、よりすぐれた能力の持ち主であるイルトは畏怖すべき存在だった。しかし、若かったルイスはあまりにも疑うことを知らなかったため、Cghリングの一部の科学者に目をつけられたのだ。かれらは禁断の実験を進め、重罰に処せられそうになると、ネズミ＝ビーバーを支配して小型宇宙船で逃亡。だが、不慣れな操作のせいで船はグロソフトで遭難し、破壊されたのである。

〈そのあとのことは容易に想像がつくよ〉グッキーがうなずいた。〈トカゲ野郎たち、あんたを利用してこの大陸の住民を征服したんだろ。各地にジュフテを建造し、神として崇めさせて。その本拠地がここさ。宇宙船の装備を使って建てたんだ。ほかの計画もあったかもしんないけど、肉体を完全に失ったんで、遂行できなかった。あんたはずっと、その汚い目的のために利用されてきたんだね。どんなに衰弱しようが知ったこっちゃないとばかりに〉

ルイスは弱々しくうなずいた。

〈そのとおりだ、グッキー。わたしは自動装置につながれ、このチューブを通して栄養を流しこまれている。でも、肉体を動かすことがまったくできないせいで、健康状態は悪化するばかり。自分の意志で動いたことは一度もない。つねに肉体喪失者が数名、精神内に宿っていたから。さっき、やつらがきみを攻撃しようと出ていったとき、はじめて自由意志をとりもどせたのさ〉

〈あいつらの話、やっぱり嘘だったんだ〉と、グッキーが腹をたてる。〈もっとも、はじめから期待してなかったけどね。へ、とんでもない悪者たちってわけだ！　とりあえず、いまは逃げだすことだけ考えよう。やつらがもどってきて、じゃまされる前に。シフトまでテレポートして、そっからすぐ《クロンダイク》にもどるんだ〉

テレキネシス・バリアは消えており、ミュータントふたりはじゃまされずにガラスばりの小部屋に近づくことができた。だが、入口がない。フェルマー・ロイドはパラライザーの銃把で側面のガラス壁をたたき割った。そのとき、武器の機能計測装置が目にはいる。満足げにうなずくと、

「パラライザーが使えるようになったぞ。コンビネーションの装備もグリーンをしめしている！　これですこしは見とおしが明るくなったな」

だが、よろこぶのは早すぎた。

＊

グッキーはルイスの手をつかみ、シフトにジャンプしようと思念を集中。そのとき、Cghリングがはげしく攻撃してきた。肉体喪失者はあきらめていなかったのだ。態勢をととのえ、精神攻撃を再開。

まるで、実際に襲われているような衝撃が三人に降りかかる。

ネズミ＝ビーバーふたりがうめき声をあげた。ルイスは寝台にくずおれ、気絶する。グッキーはフェルマー・ロイドと協力して、ただちに精神ブロックを構築し防御したため、ほとんど影響をうけずにすんだ。媒体を失った肉体喪失者はブロックを破ることができない。とはいえ、この状態でテレポーテーションは不可能だ。

「くそ！」グッキーが興奮して叫んだ。「どうやら、この神殿から走って逃げるしかなさそうだね。もちろんルイスも連れてくよ。さ、チューブをはずして。ぼかあ、そのあいだに、トナマーたちにはっぱをかけて手伝わせるから」

エルウィシュとプレシュタンは乗り気ではなかったが、結局ネズミ＝ビーバーに説得された。もちろんかれら自身、この不気味な場所から一刻も早く逃げだしたいから。しかたなくルイスを乗せたプラスティック製の籠をふたりでかついだ。ミュータントたちにはそれを助ける余力はない。

グッキーとロイドは間断なく襲いくる敵の攻撃に集中していた。肉体喪失者たちは全力で精神ブロックを突破しようと試みる。かれらにとり、ルイスに逃げられることは、クノサウルと台形大陸における独裁の終焉を意味するのだ！　おのれの力だけでは数百万人を支配するのは不可能だから。そうなれば、権力も肉体も失った亡霊として惨めにさまようしかない……永遠に。

一行はきた道をひきかえす。扉の開閉装置が機能するか心配だったが、杞憂《きゆう》に終わった。照明もまだ点灯している。牢屋にもどる地下道をひたすら急いだ。

半分ほどひきかえしたとき、フェルマー・ロイドが突然立ちどまる。

「感じたか、グッキー？　敵はひきあげたようだ。あきらめたのか？」

ネズミ＝ビーバーは頬を膨らませ、かぶりを振った。

「そうじゃない、フェルマー。あきらめたと思わせて油断させるつもりだよ、きっと。ころあいを見はからって、また攻撃してくるに決まってる。それか、ほかの策略があるのかも。連中のことだ。どんな悪さをするかわかんないよ」

牢屋につづく木製扉は施錠されていなかった。フェルマー・ロイドは注意深く扉を開けて内部をうかがうと、一行に合図した。牢屋前の通廊は暗いが、ふたたび機能しはじめたヘルメット・ランプのおかげで、前方は充分に照らされている。

ロイドは先頭を進み、戸外につづく扉を開けたが、驚いて跳びすさった。息をはずませながら、

「見てみろ、グッキー！」

ふたりは言葉を失い、目の前の光景に釘づけになった。クノサウルの通りはさながら地獄絵巻のようだ！

松明を手にしたトナマー数千名が円形の家々のあいだにひしめいている。だれもが理性を失って叫び、猛り狂っていた。数名がほうり投げた松明の火が木造の屋根に燃えうつる。騒動の中心に看守ケシムの姿が見えた。ひっくりかえった車の上に立ち、荒れ狂う群衆に向かって叫びつづけている。

なにをいっているかはわからないが、その手の動きが意味するものは明らか。巨漢がさししめしたのは牢屋の方向である。すぐに、暴徒化した住民が叫びながらこちらに向かってきた。

「大急ぎで地下道にもどるのだ！」フェルマー・ロイドは扉を勢いよく閉めると、一行に指示。「肉体喪失者が暴動をひきおこした。住民に牢屋を襲撃させ、われわれをつかまえるつもりにちがいない」

あとの三人は意識を失ったルイスとともに、地下道にひきかえす。ロイドはパラライザーからすばやくエネルギー弾倉をとりだすと、それを錠に固定して衝撃をあたえた。まばゆい閃光が出て金属が溶け、扉が溶接される。火が木に燃えうつったので、コンビネーションから水のはいった容器を出して消した。そして、階下で待つ仲間のもとに向かう。

「いまならジャンプできるか？」と、ネズミ＝ビーバーにたずねる。グッキーはかぶりを振って、

「無理だ、フェルマー！ 肉体喪失者の存在をまだはっきり感じるからね。もしジャンプに集中すれば、また全員で襲いかかってくるよ」

「ならば、ジュフテにもどろう」ロイドがため息をつきながら、提案。「住民にとって神聖な場所なら、きっと突入をためらうだろうから」

「そいつは期待できないかも」グッキーが悲観的にいった。「群衆を率いるのは、肉体喪失者にとりつかれたケシムだよ。ためらわないさ。待てよ……エルウィシュ、さっき町の外につづくぬけ道のことをいってなかった？ それはどこにあるの？」

若い船乗りは自信なさそうな顔をした。耳も顔の肉垂も震えている。

「わからないんだ、グッキー。ケシムははっきりしたことはなにもいわなかった。おれたちが見た側道のひとつかもしれないが」

「それはありえるな」と、フェルマー。装備のコンパスを確認してうなずき、「左に分岐する次の側道に進もう。それがシフトの方向だ。急げ、時間がない！」

生死をわける競走だ。暗い側道のほうに曲がったとたん、牢屋の方向から鈍い叫び声と、扉を連打する音が聞こえてくる。四人とも深刻な局面と心得ていたから、いわれなくても必死で急いだ。フェルマー・ロイドが先頭に立ち、ヘルメット・ライトで行く手

を照らす。ルイスをかついだトナマーふたりがつづき、グッキーがパラライザーをかまえて後衛をつとめた。走るのは苦手だが、今夜のイルトは新記録を樹立したのだ……

一行はただ一度だけ、ライトを消して立ちどまった。本道のほうからトナマーの荒れ狂った叫び声が聞こえる。だが、側道には見向きもせず、一目散にジュフテに向かったようだ。敵はルイスという媒体を失い、はっきりした指示を住民に出せないのだろう。

ふたたび、先に進む。

曲がりくねった側道は凹凸だらけで、湿っていた。いっこうに出口が見えない。ロイドは不安げにコンパスを何度も確認。地中に含有される金属のせいか、磁針がときおり大きく振れる。だんだん不安がつのる。この道で本当にあっているのか？

突然、道が急なのぼりとなった。新鮮な空気が吹いてくる。ついにぬけたのだ！

土砂《どしゃ》が積まれたところを苦労して這いあがり、外に出た。上空にはグロソフトの〝月〟がふたつ昇っている。町の城壁が百メートルほど後方に見え、そのシルエットの上に火がはげしく燃えあがる。クノサウルの町は炎につつまれていた。

10

「どうした？　なぜ、ベルトリは応答しない？」フェルマー・ロイドは心配そうにつぶやいた。「通信機はまだ充分には機能していないようだが、シフトまではとどくはず。なにかあったのではないか？」

グッキーもテレカムのスイッチをいれ、ジョープ・ベルトリを呼んだ。だが、応答はない。テレパシーを使うため、危険を承知で精神ブロックをすこし弱めてみる。数秒後、狼狽してロイドを見つめ、

「なにも聞こえないんだ、フェルマー。伍長はもう生きてないかもしんないよ！　どちらかひとりがシフトにもどって、ようすを見てこなくちゃ。シフトは絶対必要だもの」

「だめだ」と、フェルマーが反対した。「もどるには、ふたりで共同しているブロックを解かなければならない。そうすれば、敵はわれわれをひとりずつ制圧できるようになる。ここで待ち、《クロンダイク》が通信可能域にはいったら、直接に呼びかけよう。いまはちょうど惑星の反対側にいるはずだから、あと一時間以上かかるが」

「堂々めぐりだね」グッキーはしょんぼりといった。しばらく意識を集中させたが、かぶりを振ると、「肉体喪失者は相いかわらず、ぼくらを見張ってる。これじゃなにもできないよ。ところで、ルイスのぐあいはどう？」

「かなり悪そうだ」フェルマー・ロイドは気を失ったネズミ＝ビーバーの上にかがみこむと、顔を照らしながら、「危険じゃなければ、循環器系の薬をあたえたらどうだろう？」

グッキーはうなずくと、ポケットを探って注射用アンプルをとりだした。

「この刺激剤はぼく用に特別につくられたものさ。これまで一度も使ったことはないけど、大丈夫だと思うよ。手もとを照らしてよ、投与するから」

わずかな注射音とともに、アンプル内の刺激剤が病気のイルトの血液に注入された。あとは待つだけだ。ミュータントふたりは地面に腰をおろす。そのかたわらではトナマーたちが呆然と火事を眺めていた。フェルマー・ロイドは背嚢を開け、凝集口糧をとりだして若い船乗りにさしだす。ふたりは不審な顔でうけとったが、すぐに夢中でかぶりついた。

「おれたち、船に向かってもいいか、フェルマー？」と、エルウィシュ。「《グラガン》はきっと、暴動が起きる前に出港したはず。おそらく海岸付近でおれたちを待っているだろう。方向はわかる。だから……」

そこで口をつぐむと、驚いたようすで、赤く染まった空をさししめす。

「ベシュラの神々よ、あれはなんだ……？」

だれもが跳びあがり、前方を見つめた。町の方角から、細長く黒い物体が低空をゆっくりと飛び、まっすぐこちらに近づいてくる。グッキーは大きく息を吐き、

「信じらんない。反重力プレートだ！　どっかから掘りだしたな。だれが乗ってるかは想像がつくけど。われらが友、ケシムにちがいないよ」

そのとおり、肉体喪失者に完全に支配された巨漢の看守だ。しかも、トナマー三人をしたがえている。付近までくると、揺れながら降下しはじめた。全員が弩で武装しているのがはっきりと見える。

「思い知らせてやる」グッキーがつぶやいた。だが、パラライザーに手を伸ばした瞬間、うめき声をあげながらうずくまる。敵がふたたび精神攻撃をしかけてきたのだ。フェルマー・ロイドもやられた。攻撃はこれまでよりもいちだんと強力になっている。その理由はすぐにわかった。

刺激剤が効果を発揮し、ルイスが動きだしたのである。まだ完全には意識がもどっていないが、肉体喪失者にとってはかえって好都合だった。ただちにイルトの精神を乗っとり、ふたたび支配下に置く。こうして、最終決戦に打って出たわけだ。

ミュータントふたりは両面作戦を余儀なくされた。おのれの意志を持たないトナマー

が物理的に攻撃してきたから。これとまともに戦えるのはただひとり。

グッキーは完全に応戦力を失っており、プレシュタンとエルウィシュはショックで麻痺している。どうにか自分をコントロールできるのはフェルマー・ロイドだけだ。地面に身を投げ、パラライザーに手を伸ばす。トナマーの矢が頭上をかすめた。ネズミ＝ビーバーはよけたが、若者ふたりに命中。うめきながら倒れる。

ロイドは歯を食いしばった。精神ブロックでグッキーと結ばれているため、うまく集中できない。コマ送りのようなぎごちない動きで武器をかまえ、数メートルの距離まで迫った敵に狙いを定める。扇状放射がトナマー四人を直撃。敵は制御を失い、そのまま地面に落下していく。

思わぬ結果が生じた。

ケシムたちを支配していたＣｇｈリングは、さらなる攻撃を試みたが失敗。そこで、仲間の一部に助けをもとめた。結果的に、これが勝敗を左右することになる。

その瞬間、ネズミ＝ビーバーふたりに対する精神攻撃が弱まった。わずかとはいえ、薬のおかげで完全に意識をとりもどしたルイスには充分である。グッキーと共同して精神ブロックを形成し、肉体喪失者たちを一気に撃退。敵はショックで麻痺したようになり、存在がほとんど感じられなくなった。ミュータント三名は安堵の息をついた。

「ぐあいはどう、ルイス？」グッキーが気づかう。友のぐあいがよくないことを感じていたのだ。恐れたとおりの答えが返ってくる。

「ここをはなれろ……」ほとんど聞きとれないほど弱々しい声だ。「わたしはもうだめだ……フェルマーを連れて、肉体喪失者たちの力がおよばないところまでジャンプするんだ……わたしは連中を可能なかぎりひきとめておく。急いで！　やつらがまた精神攻撃をしかけてくる前に……」

グッキーは狼狽して、同胞を見つめた。もう思いだすことができないほど長い年月をへて、いまようやくイルトに会えたというのに。すぐにまた、失ってしまうのか？

心が揺れる。だが、最終的な判断はべつの出来ごとによって決まった、ある意味で、予想された出来ごとだったが。

「《クロンダイク》だ！」フェルマー・ロイドが安堵の声をあげる。「ブラム・ホーヴァットが呼んでいる。どうやらシフトは破壊されたようだ。とても心配しているぞ。ただちに艦までテレポーテーションするようにと」

「できないよ！」グッキーがうめいた。「ぼくの力はまだ完全には回復してないから、連れていけるのはひとりだけだ。どうすりゃいいのさ？　あんたといっしょに行けばルイスがのこる。ルイスを連れていけばあんたが置き去りになる。だれがのこっても、やつらはすぐに襲ってくるよ。そうなったら、もう助けらんない……」

〈フェルマーを連れていくんだ！〉ルイスがテレパシーで伝えてきた。話すこともまま

ならないほど弱っているらしい。〈わたしはもうすぐ死ぬ。わかってくれ……〉
やがて、明るく輝く光点が上空に出現。《クロンダイク》だ。フェルマー・ロイドが上空をさししめす。グッキーはもう一度同胞を見つめ、みずからを奮いたたせるように、「きっと、もどってくるからね！」と、約束。フェルマーの手をとり、意識を集中させて非実体化した。

＊

ミュータントふたりが軽巡洋艦の中央司令室に姿をあらわすと、乗員は驚いた。すぐに立ちなおったホーヴァットが安堵の息をつく。

「よかった、すくなくともふたりが帰艦して」そういって、セクター・スクリーンをさししめす。「見てください、シフトの残骸です。たったいま見つけました。ですが、ベルトリ伍長のシュプールはありません。なにがあったのでしょう？」

「くわしくはわからない、ブラム」フェルマー・ロイドはスクリーン上の無惨な残骸を見つめ、弱々しく応じる。「ただ、死亡したのはまちがいない。思考が感じられないから。おそらく、シフト内で焼け死んだのだろう。肉体喪失者にとりつかれていたから、痛みは感じなかったと思う。それが、せめてものさいわいだ。やつらは伍長を支配し、シフトを爆破させたにちがいない。ジョープはそのとき絶命したのだ」

軽くはじけるような音がした。グッキーが立っていた場所がぽっかりとあいている。ほかの乗員がスクリーンを見つめるあいだに、イルトは特製の刺激剤を服用。その効きめがあらわれた瞬間、ジャンプしたのである。どんな代償をはらってもルイスを助けだそうと。

グッキーがふたたび地上に降りたったとき、周囲のようすに変化はなかった。ゆらめく炎が、反重力プレートのそばに倒れたケシムと攻撃者三名を照らしている。だが、グッキーは目もくれなかった。

目ざすはただひとつ、友がいるはずのプラスティック製の籠である。しかし、すでに遅かった。ルイスはぐったりとくずおれている。脳インパルスは消えていた。死んだのだ！

悲しみが大波のように襲ってきた。数分のあいだ、動かなくなった友をうつろな目で見つめる。グッキーは気づかなかったが、このときCghリングがふたたび攻撃をしかけようとしていた。だが、精神ブロックが解除されていたにもかかわらず、失敗。ルイスの死後、肉体喪失者の力は減少する一方であった。何者もグッキーの精神にはいりこめない。

ネズミ＝ビーバーはうめき声を聞いて、ふたたびわれに返った。見わたすと、エルウィシュとプレシュタンが藪のなかにいる。ひとりは肩に、もうひとりは右足に矢をうけ、ひどく出血していた。一瞬考えてから、うなずく。

「ルイスにはもうなにもしてあげらんない。でも、このかわいそうな小悪魔たちを救うことはできる。ぼくらを助けてくれたんだもんね。船にもどしてあげるよ」

一分後、イルトはふたたび《クロンダイク》に姿をあらわし、ブラム・ホーヴァットにうなずきかけた。

「グロソフトでの任務は終わったよ、少佐。ルイスの遺体は置いてきた。トナマーが手厚く葬ってくれるはず。ケシムがそう約束してくれたんだ。あの大男、意識をとりもどして、すっかりもとにもどってたよ」

フェルマー・ロイドから一部始終を聞いていた艦長は、事情をのみこんだ。ジョープ・ベルトリの遺体捜索もあきらめることにする。遺灰がわずかにのこっているだけにちがいないから。艦長が航法士に指示を出すと、《クロンダイク》は周回軌道をはなれ、《ソル》に向かってコースをとった。

一時間後、ミュータントふたりはペリー・ローダンの前に立ち、任務を報告。

「これで、グロソフトの謎は解けた」と、ローダン。灰青色の目でネズミ＝ビーバーの目を見つめ、「本当に気の毒だったな、ちび。しかし、人生においてこうしたことはよく起こるもの。つらいことだが、なにかを見つけたと思ったら、すぐまた失ってしまうのだ。ところで、行方不明のイルト船がどうなったのかわかるか？」

フェルマー・ロイドはかぶりを振り、

「船長は搭載艇の全員が死亡したと考え、飛びさったのでしょう。もう四百年も経過しています。いまさら探しても、発見できる見こみはありません」

ローダンは考えこむようにうなずいた。立ちあがると、

「遺憾ながら、どうしようもないな。それに、時間もない。今後の日程は知っているだろう。メントロ・コスムには飛行をつづけてもらっている。いずれにせよ、きみたちはクノサウルの偽神を無力化するのに成功したのだ。感謝する。だが、肉体喪失者が台形大陸を支配しつづける危険性は？」

「それはないよ、ペリー」グッキーが確信をもって答えた。「ルイスを媒体としてたから、連中には強大な力があったんだ。でも、いまはもう無力さ。未開のトナマーひとりだって支配できないのはたしかだね」

「わかった、ちび」ペリー・ローダンはほほえむと、「さがって休んでくれ。きみたちは充分に任務をはたした。グッキーには特別に、水耕ガーデンで採りたての新鮮なニンジンを用意しよう。すぐに行くがいい」

いわれるまでもなく、ネズミ＝ビーバーはすぐに行った。一日じゅう、保存食で空腹をしのいでいたのだ。だが、いざニンジンを手にとり、かじろうとした瞬間、食欲がすっかり失せてしまう。自分のかわりに、ルイスに食べさせてあげたかった……でも、友

はもういない。

エピローグ

「どうやって船にもどった？」フィルナク船長が唖然としてたずねた。「さいわい、われわれは早めに出港できた。しかし、クノサウルの騒ぎは海上からもはっきりわかるぞ。町はまだ燃えている。なにが起きたんだ。どうやってあの暴動をぬけだし、《グラガン》にたどりついた？」

しかし、ふたりは答えずにうめくばかり。船長は心配になり、松明を手にプレシュタンとエルウィシュに近づいた。かがみこむと、すぐに驚いて跳びのき、

「なんてこった。怪我をしているのか！　バシュトル、すぐに傷薬と包帯を持ってこい。ふたりに病室を用意しろ」

この夜、帆船内で眠りについていた者はいなかった。ただちに頑強な男たち数名があらわれ、怪我人ふたりを病室に運ぶ。フィルナク自身が船医をつとめ、半時間後には適切な処置を終えた。コックが精のつく肉のスープを用意した。

「報告がたくさんあるんで、船長」おちつきをとりもどしたエルウィシュがいった。

「びっくりするにちがいありませんぜ。はじめは大きな困難もなく、ぶじに町に到着したんです。しかし、そのあと……」

話はつづく。なにか抜け落ちるたびに、プレシュタンが補足しながら。エルウィシュは自分たちが見たとおりの出来ごとを描写。フィルナクとバシュトルは信じられないという目つきで見つめていたが、エルウィシュはまったく気づかずに話しつづける。だが、〝奇妙な生物たちが消えたあと、毛むくじゃらのちびがもどってきて《グラガン》にふたりを運んだ〟というくだりで、フィルナクは突然立ちあがった。

「もういい、寝るんだ。あす、もう一度傷のぐあいを見るから」

船長はデッキにもどると、顔じゅうの肉垂を揺らして大声で笑った。

「あのふたり、創傷熱にかかったにちがいないぞ、バシュトル。理性あるトナマーならあんな話はしないさ。クノサウルの神の話はまだ信用できる。いつの時代にも強力な魔法使いは存在した。だが、異惑星からきた奇妙な生物の話は、空想の産物に決まっている。トナマー以外の生物なんぞ、存在するはずないからな。まちがいなく！」

「もちろんでさあ、船長」バシュトルがきっぱりと同意した。

謎めいたラファエル

クルト・マール

登場人物

レジナルド・ブル（ブリー）………国家元帥。〝信仰の論理〟幹部
アイアンサイド神父…………………〝信仰の論理〟代表

シルヴィア・デミスター セルジオ・パーセラー オリヴェイロ・サンタレム スリマン・クラノホ ジュピエ・テルマアル アーチャー・プラクス	………レジナルド・ブルの側近

トレヴォル・カサル…………………アフィリカーの国家首席
ヘイリン・クラット…………………カサルの副官
ラファエル……………………………謎の男

1

インペリウム＝アルファの司令部で、独裁者トレヴォル・カサルとその副官ヘイリン・クラットが話しあっていた。すべてはここからはじまる。ふたりの会話をきっかけに、まだ余力を持つ人々が結集することとなるのだ……滅亡迫る地球上で。

「例の組織は〝信仰の論理〟と名乗っています、サー」と、クラット。長身瘦軀で身長は二メートル近くあり、細い首にのどぼとけが異様に目だつ。すでに大佐に昇進していた。「メンバーはおそらく数百万人にのぼるでしょう。おもに都市のスラム街地区を拠点としているようです」

長身のトレヴォル・カサルがうなずく。

「それは論理的だな、ヘイリン。治安当局はスラム街には近づかない。なにが起きるか予測不可能だから」

クラットはボスの発言に注意深く耳をかたむけた。トレヴォル・カサルは〝理性の光〟の名で呼ばれる独裁者である。その鋭い観察眼は、常人よりもはるかに強固な論理に裏打ちされていた。

「組織のリーダーの正体は不明」副官はしばらくして、先をつづけた。「ですが、おそらく免疫保持者でしょう。アイアンサイド神父と呼ばれています。噂では修道士とか。もっとも、わたしは修道士というものを知りませんが」

「高次元の存在を信じ、その信仰を普及するために活動する人間だ」独裁者が答えた。「数は多くないが、危険といえる」

「かつて〝感情ばか〟がみずから名づけた〝善良隣人機構〟はもう存在しないようで」ヘイリン・クラットはさらに説明。「同じ目的をかかげた〝信仰の論理〟に吸収されたのでしょう」

「実際、ほとんどメンバーがいないからな」と、カサル。「ポルタ・パトを攻撃したさい、おおかたのOGNメンバーは転送機で難を逃れたもの。転送先はゴシュモス・キャッスルと踏んだのだが、違っていた」

「レジナルド・ブルについては、もう地球上にいないという噂もありますが」と、大佐がつけくわえる。

「問題はそこだ！」独裁者は語気を強め、「その話はどれくらい信用できる？　データを集め、中央ポジトロニクスに分析させたのだろうな？」

「は、もちろん」と、副官が応じる。「ブルがまだ地球上に潜伏している確率は七十三パーセントです」

「それで充分だ」と、カサル。「潜伏先の見当はついているのか？」

「具体的にはなにも、サー。しかし、アイアンサイド神父と同じかくれ場にいる可能性が高いようです。神父は現在、上海《シャンハイ》にいます」

「上海のスラム街を徹底的に監視しろ！」

「すでにそう命じてあります、サー」

「アイアンサイドの居場所をつねに把握しておくのだ。レジナルド・ブルが見つかったら、ただちに知らせてくれ」

「承知しました、サー」と、ヘイリン・クラットが応じた。「こんどこそ、敵組織を一網打尽にできるでしょう」

トレヴォル・カサルは副官を意味ありげに見つめ、

「いや、そうではない、ヘイリン。こんどは連中を潰滅するのでなく、懐柔するのだ」

＊

夜空を見あげるたび、暗闇を切り裂いて〝喉〟から光がほとばしる。人々は恐怖におののいた。

かつては明るい〝星の橋〟が帯状に夜空をおおっていたもの。これは、はなれていく二銀河を結ぶ〝物質の橋〟のことで、星間物質から形成される。二銀河のうち、ひとつは北半球、ひとつは南半球からのみ見えた。

〝喉〟はすでに橋の大部分をのみこんでいた。それは当初、星々の向こうにちいさな染みのようにあらわれ、しだいに宇宙の漆黒よりも黒く、大きくなっていった。以前なにも存在しなかった宙域にまで迫っている。そんな気がして、人々は恐れた。

色とりどりの巨大な閃光が荒れ狂う。血を思わせる赤や淡いグリーンの光は、夜側の地球をおおってしまうほど強烈だ。政府は毎日のように新しい声明を発表し、〝喉〟は脅威ではないと訴える。だが、これまで統治者のいうことを無条件にうけいれてきた人々も、もう信じようとしない。すこしでも数学と幾何学の知識があればわかるから。〝喉〟は恐るべき速さで成長しているのだ。つまり、地球がこの不可解な宇宙構造に近づく速度も日ごとに増していくということ。

恐怖が市民のあいだにじわじわとひろがった。アフィリー効果で感情を失った人々の意識には、論理と本能しか存在しない。論理は語る……地球が〝喉〟に墜落するのは避けられないと。一方、原始的本能は訴えかける……生きることを切望し、死を恐れよと。最期の瞬間が迫っていると知り、人々はパニックにおちいった。アフィリカーの心にはもう、戦慄の恐怖を和らげるものはなにもない。

動揺した市民は叛乱を起こす。とはいえ、なにに対する叛乱なのか、当の本人たちにもわからない。ただ捨てばちになり、大声をあげ、暴徒と化してすべてを破壊するだけだ。稲妻のような〝喉〟が夜空にくっきりと目だつようになるにつれ、市民の暴動はさらに日常化していく。

ついに、政府が介入した。感情をいっさいまじえず、純粋理性にのみもとづく冷血なやり方で。その結果、ボリビアの高原都市ラパスは市民もろとも全滅。このようすはニュースとして大きく報道された。恐怖にかられて暴動を起こそうとする市民への戒めだ。イスタンブールではK＝2の三師団が市民叛乱軍のまっただなかに着陸し、動くものすべてを容赦なく撃った。死者二万人、破壊されたロボットは八百体である。

だが、為政者たちは市民の恐怖心を過小評価していた。パニックにより、理性のダムは決壊したのである。恐れに全意識を支配された人々に、懲罰による脅しは効かない。そのため毎日のように叛乱が勃発。政府は事態を収拾するため武力介入し、巨大な血の海が生まれた。

血塗られた無分別が支配するなか、冷静さを失わなかったのは、あるちいさなグループのみ。ちいさいとはいえ、メンバーは数百万人いる。地球上に住む二百億人とくらべれば、わずかな数だが。

　これが、アイアンサイド神父率いる〝信仰の論理〟である。つねに人々の恐怖心を和らげるために活動してきた。残酷な任務を遂行させまいと、政府の暴動制圧隊を妨害したりもする。アイアンサイド配下の男女はアフィリカーだが、神父の説く〝協調が優位をもたらす〟という教えのもと、結束をかためていた。アフィリー政府が暴動対策に労力を割《さ》けば割くほど、より自由に、かつ大胆に活動するようになる。

　とはいえ、ここ数週間の〝信仰の論理〟の活動は、どの年代記にも記録されないだろう。地球ではとうの昔に年代記の執筆をやめていたから。だが、アイアンサイドは頓着しない。人々になぐさめをあたえ、その痛みを癒そうとつとめてきたが、この世界の報償は必要ないのだ。ある男がともに肩をならべて戦う姿を見るだけで充分である。

　その男はこれまで、無償の愛を不要なものとみなしていた。ところがいまは、危険も厭《いと》わず率先して活動している。ほんの数カ月前なら、この活動も〝とるにたりない感傷〟として拒絶していただろう。この男こそ、レジナルド・ブル……恐怖に立ち向かう闘士であった。

　アイアンサイド神父とレジナルド・ブルが場所をうつるたび、〝信仰の論理〟本部も移転する。一カ所に長くとどまることはない。ふたりは、政府が暴動制圧拠点を置くいたる場所で必要とされているのだ。

　現在、〝信仰の論理〟本部は上海にある。

上海のスラム街は瓦礫《がれき》の地と化していた。ところどころ、空にそびえる高層建築の残骸が、かつての栄華をしめす記念碑のようだ。ここでも〝信仰の論理〟は、ほかの場所と同じように多くの地下施設をしつらえた。敵に気づかれず、活動をつづけるためである。

＊

レジナルド・ブルとアイアンサイド神父は数週間前からここに滞在し、部隊を率いてきた。ターゲットは、中国の東海岸地域に展開する政府の暴動制圧隊だ。二日ほど前、上海から四百キロメートル南に位置するウェンジョウで叛乱が勃発。嫌な予感にかられたレジナルド・ブルは、ほぼ千名の突撃隊を編制し、テラニア・シティの反応をうかがった。案の定、叛乱の翌日に貨物グライダーの隊列が西方からウェンジョウに接近するのを確認。国家元帥はただちに出撃命令を下し、突撃隊は町の直前で制圧隊を阻止した。予想どおり、貨物グライダーにはK＝2五百体が乗っていた。ウェンジョウの暴動をすみやかに鎮圧するため、派遣されたのだ。しかし、その目的は果たせなかった。ブルみずから率いる突撃隊が機動性にすぐれた重武装グライダーで襲いかかったから。かろうじて逃走したグライダー二機をのぞき、制圧隊は潰滅した。

翌日、突撃隊は上海に帰還。夜になり、アイアンサイドとブルは宿舎でくつろいでいた。神父もブル同様、上等の酒には目がない。無人の倉庫からほんもののスコッチ・ウィスキーを失敬してきたのだ。

「二十年ものですぞ」グラシット瓶のラベルを読み、にやりとする。「実際にはさらに四十年古い。それほど長いあいだ、あの建物は廃墟となっていたので」

レジナルド・ブルはひと口すると、

「悪くないな」と、賞讃した。

「で、ヴァイレンスタインの活躍ぶりは？」と、神父は唐突にたずねた。

「完璧だった。恐れを知らない騎士のように」ブルが平然と応じる。アイアンサイドの話の飛躍には慣れていた。「内面はわからないが、狂暴な戦士だ。恐怖心そのものが欠如しているんじゃないか」

「アフィリカーとは思えませんな」と、神父。

ブルは笑った。

「想像してみろ。貨物グライダー五十機が密集隊形で向かってくるんだぞ。アフィリカーであろうと免疫保持者であろうと、心臓が跳びだしそうになるさ」

神父はなにもいわず、テーブルに視線を落としたままだ。

「オズル・ヴァイレンスタインが気にいらないのだな？」と、ブル。

アイアンサイドは肩をすくめた。長身で肩幅がひろく、顔の輪郭はごつい。白髪を短く刈りこんでいた。目の奥には強い炎を宿し、薄い唇はときおり辛辣になる。所属教団である聖フランチェスコ兄弟修道会のローブを身につけていた。

「だれかに敵意を持つなど、性分ではありません」と、真顔で応じる。「気にいらないというのでなく、なんだか気味が悪いのです。近くにいると寒気《さむけ》を感じるようで」

ブルは神父のグラスに酒をつぎたした。

「もっと飲めば、寒気もおさまるだろう」

だが、アイアンサイドはブリーの上機嫌に感化されない。

「いままで野ばなしの状態でこられたのが、奇蹟のようです。考えてもみてください。ここでは、ほとんど安全対策がとられていないのですよ。組織にくわわりたい者はだれでも無条件にうけいれる。テラニア・シティ政府がとっくに工作員を送りこんでいても当然でしょう」

「なんのために？」と、レジナルド・ブル。「〝信仰の論理〟はここ数カ月というもの、鳴りをひそめてきた。政府の計画をじゃまするようなまねはしていない」

「パルクッタは？　ポルタ・パトはどうだったのです？」と、神父。

細胞活性装置保持者はかぶりを振り、

「ポルタ・パト消滅のあと、カサルは総力をあげてわれわれを弾圧するつもりだったはず。もっとも、復讐心からではない。連中にはその手の感情が欠けているから。ポルタ

・パトでうけたような敗北を二度と味わいたくなかったのだな。しかし、〝信仰の論理〟は現状に満足しているふりをした……表面的には。だから、なにも起こらなかった。アフィリカーにとっては、ふたたび敵対組織と衝突して敗北する恐れがなくなったわけだ」

「たしかに」と、アイアンサイドが認めた。「ですが、いまはどうでしょう？　政府はわれわれの活動をどう思っているのか。〝信仰の論理〟はすでにK＝2一万体以上を破壊しました。政府が暴動を武力制圧しようとするたびに、介入している……」

「テラニア・シティ政府は、われわれにかまうどころではないはず」と、ブルがさえぎり、「いまはほかの心配ごとで手いっぱいだろう。秩序が崩壊し、人々は政府に反抗的になっている。だが、なにがいいたいのだ？　ヴァイレンスタインがアフィリーの工作員だとでも？」

神父はふたたび肩をすくめ、答えた。

「そうでないとは断言できませんぞ」

＊

夜遅く、レジナルド・ブルは計算センターにいた。このセンターは、スラム街にあったかつてのオフィスビルでポジトロニクスを見つけ、整備したもの。ここから地球上の全域だけでなく、月まで、プロセス計算機で制御された盗聴防止機能つき通信網が伸びている。ブルは他地域における最近の動向を探ろうと、コンソールに向かって腰をおろした。オンライン記録装置から情報を呼びだすあいだも、アイアンサイド神父の不吉な発言が頭からはなれない。

オズル・ヴァイレンスタインは十日ほど前、上海のスラム街にあらわれた。がっしりした長身の男である。年齢不詳だが、九十歳から百歳といったところか。〝信仰の論理〟の噂を聞きつけ、参加したくてやってきたという。拒む者はだれもいなかった。アイアンサイド神父は〝子供を拒むな〟という聖書の教えを信じているから。こうしてヴァイレンスタインは、出自についてほとんど聞かれずにうけいれられた。

〝信仰の論理〟のメンバーは、大半がスラム街の無力な住民である。たえず死の恐怖にさらされながら、強盗をはたらき、ごみ箱をあさって、飢えをしのいできた。だが、オズル・ヴァイレンスタインはまったく違っている。この知性的な男はまさにアフィリーの世界にふさわしい。かれの精神力があれば、苦労せずに最高位までのぼりつめたことだろう。その道を進まなかった理由は、依然として謎のままだが。

ブルはみずから指揮する部隊でこの新入りを何度か観察した。ヴァイレンスタインは恐れを知らない。神父が指摘したように、アフィリカーとしてはめずらしい気質だ。おそらくは知性が非常に高いため、原始的本能をコントロールできるのだろう。たとえば、危険に遭遇したときの恐怖心を抑制するとか。ブルはそう結論づけた。ヴァイレンスタインをアフィリー政府の工作員だと疑ったことは、これまで一度もない。まして、なにごともなく一週間以上が経過したいまでは、さらに考えられなかった。スズメバチの巣に十日もとどまる工作員はいない。かれがテラニア・シティのスパイなら、上海の本拠地はとっくに敵に攻めこまれているだろう。

ふとわれに返り、ニュースに目を通す。とくに目をひくものはなかった。暴動制圧隊が東南アジアの海岸からほかの地域に移動するような動きもない。ほっとして計算センターを出ると、宿舎に向かい、搬送ベルトでひろい通廊を進む。まもなく真夜中だ。あたりに人影はない。半マイルも進むと、搬送ベルトを降りて側廊にはいった。その先に部隊の宿舎がある。四部屋つづきのアパートメントをアイアンサイドと使っているのだ。とはいえ、神父はこの時間、通廊の奥で礼拝の最中だろう。数日以上滞在する町ではかならずチャペルをしつらえ、真夜中に祈りを捧げるのが習慣だから。

ドアを開けると、自動的に室内照明が点灯。玄関ホールの左手に共用のミニキッチンがあった。神父は調理ずみの惣菜や自動供給装置を拒み、口にするものはできるだけ自炊するよう、人々にも勧めている。

喉が渇いたので飲み物をとりに、キッチンに向かう。そのとき、横からかすかな物音がした。振りかえった瞬間、刺すような異臭に気づく。突然、筋肉に力がはいらなくなり、勢いあまって重心を失い、壁にぶつかった。そのまま、意識が遠のく。

＊

ふたたび目がさめたとき、自分の部屋で椅子にすわっていた。動きたくても、手足がいうことを聞かない。縛られているのだ。

「倒れないよう、椅子にくくりつけただけだ」低音の声が背後で響きわたる。

振り向こうとするが、うまくいかない。軽《かろ》やかな足音が聞こえる。声の主はテーブルをまわって、向かい側の椅子に腰をおろした。それがだれだか、すぐにわかった。

「ヴァイレンスタイン……」やっとのことで声をしぼりだす。「やはり……そうだったのか！」

オズル・ヴァイレンスタインはまったく表情を変えず、知性をたたえた目で不死者を見つめ、

「すでに勘づいていたわけか？」

ブルの舌がしだいに滑らかに動くようになる。

「わたしではない。アイアンサイドだ」

「さすがだな」

「自殺行為だ！」と、レジナルド・ブル。「ここを生きては出られないぞ。わかってい

るはずだが」

「ここで死ぬわけにはいかない」ヴァイレンスタインは答えた。

「なにが目的だ？」からだを動かせないブルはいらだち、声を荒らげる。「だれがきみをここによこした？　テラニア・シティ政府か？」

「そうともいえる」と、ヴァイレンスタイン。「だが、あなたが思っているような目的のためではない」

「と、いうと？」

「交渉しにきた」

「わたしと？」

「ああ。それに、アイアンサイドとも」

「なんのために？」

「あなたたちの協力が必要なのだ」

「協力？　だれに協力するのだ」と、あざけるように、「まさか、テラニア・シティのごろつきに協力しろとでも……？」

「〝ごろつき〟という言葉はわたしの語彙にはないが」ヴァイレンスタインが冷静に応じた。「地球と人類の存亡がかかっているのだ。そのための協力なら、拒めるはずがない」

細胞活性装置保持者はあざけるように、

「そんなたわ言を信じるほど、おろかではないぞ！　われわれ、弱くて無力だというつもりはないが、政府の提案などうけいれれば、キツネにだまされた子ウサギ同然になってしまう」

アフィリカーは平然としたまま、

「そうした懸念の声は予想していた。だからこそ、そちらの疑念を払拭《ふっしょく》する特使を送りこんだのだ」

ブルはうろたえた。

「特使だと？　それがきみか！」

「そのとおり」男は肯定した。

「どこが特使だというのだ。なんら特別なところなど……」

「よく見ろ！」オズル・ヴァイレンスタインがさえぎった。

二本の指を口に突っこみ、なにかをとりだすと、すぐにポケットにしまう。両頰からわずかなむくみが消えた。

「驚くなよ！」アフィリカーが念を押す。

その声はいままでと違い、もう低音ではない。どこかで聞いたことがある声だ。ヴァイレンスタインは耳の下あたりに手をやる。そこになにか仕かけがあったのだろう、いきなり顔が前に開き、頭頂部がはずれた。ブルはこの手のプロセスには驚かない。これまで何度も見たことがあるから。それでも、マスクの精巧さには感心した。

ヴァイレンスタインはのこりのマスクを慎重にとりはずし、無造作に地面にほうり投げた。両手で顔をおおっているので、マスクの下からどのような顔があらわれたのかわからない。だが、ついに手をおろした。

不死者の口から、思わず驚きの声が洩れる。相手の顔をまじまじと見つめるうち、突然、〝疑念を払拭する特使〟の意味がわかったのだ。

「トレヴォル・カサル……！」ブルは喘ぐように声をしぼりだした。

2

「あなたたち免疫保持者は感情に支配されている」カサルはひややかな声でつづけた。「その特殊事情を考慮し、ある結論にいたったのだ。計画をすみやかに成功させるには、わたし自身が出向くしかないと」

レジナルド・ブルはショックを克服し、

「つまり、ここを生きて出られると確信しているわけだ」と、うなるようにいった。

「確信ではない」と、アフィリカーは不死者に向かい、「ぶじに脱出できる可能性を計算したところ、満足のいく高い数値を得ただけだ」

「アイアンサイドはきみを悪魔の使いだと思っている。それをちゃんとポジトロニクスに伝えたのだろうな？」ブルがあざけるようにいった。

「どういう意味だ……」

「たいしたことではない。もう一度聞く。なにが目的だ？」

「知ってのとおり、まもなく地球は〝喉〟に墜落する」と、カサルが語りはじめた。

「これまでに判明したところでは、防ぐのは不可能らしい。このハイパー・エネルギー構造に、テラの生命体すべてがのみこまれるだろう。人類を救うため、政府はあらゆる手をつくすことにした。それにはあなたたちが不可欠なのだ。純粋理性が他人との建設的協力を妨げるものではないと学んだ人間……そして、純粋理性が欠如していても他者と協力できる人間が」

レジナルド・ブルは満足そうにほほえみ、

「きみの高尚な表現を日常語に翻訳すれば、こういうことかな。ある計画を実現するのに、人々の共同作業が必要である。なのに、アフィリカーは利己主義すぎて、他人と協力することがへたくそだ。一方、〝信仰の論理〟メンバーの大半はアフィリカーだが、アイアンサイドから平和的共存を学んでいる。次に、神父やわたしのようなあわれな狂人は、純粋理性の慈悲を体験したことがないから、チームワークがうまい。それで、きみはここにやってきたわけか」

「好きなようにいうがいい」カサルがすました声で答えた。「それによって状況はすこしも変わらない」

「きみが思いついた計画とはなんだ？」

「避難船団を編制する」

ブルは思わず立ちあがった。いつのまにか、からだは自由になっている。ただ、縛りつけられているのを忘れていたため、椅子が派手な音をたてた。

「人々を避難させようというのか？」ほとんど叫び声に近い。

「ああ」

「よりにもよって、きみが？　人類を避難させて救おうと主張したエンクヘル・ホッジをひそかに葬り去ったきみが！」

「そうだ、このわたしだ」カサルは冷静に応じた。ブリーの非難にもまったく動じない。

「当時はまだ、地球を〝喉〟への墜落から救えるという合理的な理由があった。だが、いまは違う。避難の可能性を緊急に模索しなければならない」

男の不自然なおちつきが、興奮したレジナルド・ブルにも伝染した。椅子をがたんといわせ床におろして腰かけると、低い声でいう。

「まず、詳細を説明してもらおう」

*

そのあと、トレヴォル・カサルはみずから進んで拘束された。とはいえ、交渉の結果を問わず、遅くとも三日後には解放される予定だが。レジナルド・ブルとアイアンサイドにそう約束させたのだ。

「きみには約束などなんの意味もないと思ったが」と、ブルがあざけるようにいう。

「わたしにはない。だが、そちらにはあるだろう」カサルは冷静に応じた。独裁者にとり、免疫保持者の精神構造は不可解だが、それをおのれの計画にとりこむのは得意なのである。

明け方五時ごろ、神父とブルは〝客人〟を確実に拘束したあと、政府の計画について議論しはじめた。

「この男は信用できるだろうか？」と、ブル。

「いえ」と、神父が語気を強めた。「悪魔の使いはけっして誠実ではありません。いまはわれわれの手を借りて避難船団を編制しようと真剣に考えているでしょうが。問題はそのあとです」

「腑に落ちないな」と、レジナルド・ブルが考えこむように、「当時、やつはエンクヘル・ホッジを突然裏切った。人類がほかの惑星に移住すれば、アフィリー現象が消滅すると恐れたから。この点を、いまはどう考えているのか」

「それについては本人から説明があるはず」と、アイアンサイド。「頭のいい男ですから、当然、その質問を予期しているにちがいありません。それはともかく、あなたはその専門家でしたね。はたして、カサルの計画は実現可能ですか？」

「問題は全人類を避難させられるかどうかだな。それは、どれくらいの時間がのこされているかによる」

「朝になれば、より正確なデータを入手できるでしょう」と、神父。「そもそも、このような計画に意味があるのでしょうか？　われわれの最新認識では、〝喉〟に墜落しても人類は生きのびるのですから」

「わたしは有意義だと思う。この避難計画で人類の多くが救われるからではなく、政府が救出に真剣にとりくんでいる姿勢をしめすことができるから。実際に大規模な避難船の建造がはじまれば、ふたたびテラに平穏がもどるかもしれない」

アイアンサイドはうなずいた。

「いいでしょう。カサルにはどのように伝えますか？」

不死者はすぐには答えない。迷っているのだ。カサルがいま、〝信仰の論理〟の援助をもとめているのはたしかだが、いつの日かそれが不要となる。そのとき、独裁者はどうするだろう？　アフィリーの概念にそぐわない目的を持つ組織の存続を望むはずがない。あの男のことだ。もはや用なしとみなした瞬間、〝信仰の論理〟の潰滅をはかるはず。

これからもつねに用心しなければ。〝信仰の論理〟を独裁者の毒牙から守るために。それは容易ではないだろうが、けっして不可能ではない。

ブルは神父を見つめ、答えた。

「うけいれると伝えよう」

「そういうと思っていました」と、アイアンサイド。

「わたしも同じ意見です。この提案をうけいれましょう……人類のために！」

＊

こうして、アフィリー史上もっとも奇妙な契約が成立した。〝信仰の論理〟は避難船を建造するため、テラニア・シティ政府に全面協力を約束。アイアンサイドとレジナルド・ブルが〝信仰の論理〟代表として署名した。とはいえ、ブルも神父もアフィリーは人間の精神を惑わす一種の病気と考えているから、事態はいささか複雑だ。ふたりにとり、ペリー・ローダンの解任とそれにつづく政府権力の奪取は憲法違反である……ブル自身とトレヴォル・カサルがその当事者だが。つまり、〝信仰の論理〟幹部はテラニア・シティ政府を正統な組織として認められないということ。

トレヴォル・カサルはこの主張に対し、妥協案を申しでた。〝人類救出委員会〟を創設し、これを〝信仰の論理〟の直接の契約相手とするというもの。独裁者がこれほど歩みよること自体、事態の緊急さをしめしている。そうせざるをえない理由が国家首席にはあったのだ。地球は日々、〝喉〟の漆黒めがけて加速しつづけていく。加速価が不規則なため、墜落の正確な時刻は予測できないが、もっとも楽観的に見積もっても、テラ標準暦で十カ月より人類が長く生きのびる可能性はない。

〝信仰の論理〟はアフィリカーの裏切りにそなえ、政府幹部を〝人質〟として組織本部に派遣する条項を契約に盛りこませた。派遣団はトレヴォル・カサルの副官ヘイリン・クラットを筆頭に、著名な閣僚で構成される。これは部下に対する愛着を期待してのことではない。アフィリカーはその手の感情とまったく無縁だから。とはいえ、派遣団のなかにはほかにかえがたい逸材もいる。さすがのカサルも、優秀な部下をあえて危険にさらすまねはしないだろう。

一方、〝信仰の論理〟側からは監視団をテラニア・シティに送ることで合意。メンバーはインペリウム＝アルファの司令中枢にいつでもアクセス可能で、閣議に参加する権利も持つ。ただし、避難船の建造と人類の避難計画に関してのみだが。

独裁者は避難先の惑星をすでに決めていた。カルテスという名の原始的な酸素惑星で、地球の現ポジションから四百光年ほど。黄色恒星の第四惑星で、第三紀初期のテラと似ている。人類はまず、ここで新しい環境に慣れなければならない。

〝信仰の論理〟はトレヴォル・カサルひとりが代表をつとめる〝人類救出委員会〟と契約の最終交渉にはいった。ブルは、当初より待ちかねた質問をする。

「われわれ、きみをアフィリーの伝道者と呼んでいるのだが」と、独裁者に向かって、「その立場として心配ではないのか？　恒星メダイロンの影響圏をはなれたら、人類はすぐにもこの不自然な状況を脱却するかもしれないぞ」

アフィリカーの国家首席は感情をみじんもあらわさず、レジナルド・ブルの目を見つめかえした。

「すでに対策はとってある……あなたのいう〝不自然な状況〟を維持するために」

＊

契約の両当事者はたがいによくわかっていた……けっして相手が心を開いたわけではないと。口には出さないものの、それぞれの思惑を胸に秘め、契約を結んだのだ。アイアンサイドとブルの意見が一致したとおり、トレヴォル・カサルと部下のアフィリカーは〝信仰の論理〟を必要悪と考え、目的が達せられしだい、潰滅しようともくろんでいた。しかもカサルは、相手がその意図を見ぬいたことも承知している。

国家首席がレジナルド・ブルの問いに対してあのように答えたのは、相応の考えがあってのこと。当時、〝逃避派〟は〝喉〟への墜落から人類を救うため、テラから避難することを主張していた。だが、異恒星のもとでアフィリー効果が奪われるのを恐れたカサルはそれに反対。独裁者にとり、アフィリーこそ人類史上最高の発展段階に思えたのだ。アフィリーと〝純粋理性〟の教えのおかげで、人類は二十万年ほどつづいたホモ・サピエンスから、より知恵あるホモ・サピエンティオルに進化したのだから。ふたたび感情に左右される状態に〝退化〟するのは耐えがたい。

かつて猛反対した人類の避難計画をいまになってみずから推進するのには、論理的な理由がある。地球の〝喉〟への墜落はもう防ぎようがないと、独裁者にも科学者たちにもわかったのだ。地球はソルの周回軌道から離脱し、コボルト転送機を通過した。百二十年前、人類が当時のような膨大なエネルギーをふたたび利用するのは不可能といっていい。そのうえ、こんどはテラとルナの移動だけではすまない。恒星メダイロンをいっしょに移動させなければならないのだ。それはもとより絶望的である。

専門家の一致した見解では、〝喉〟への墜落は人類の破滅を意味する。すなわち、アフィリーの終焉である。したがって、カサルがいま人類の避難計画を推進することは、さらなる危険を冒すことにならない。なにも対策をとらずに避難して、耐えがたい事態が生じるとしても、あるいは地球が〝喉〟に墜落するとしても、結果は同じ。どのみちアフィリーは終わるのだ。

とはいえ、トレヴォル・カサルはリスクとひきかえに絶望に甘んじるような男ではない。避難が〝喉〟への墜落を免れる唯一の手段だと考えはじめたとき、複数の科学者に命じて、アフィリカーの心理物理学的特徴を研究させたのだ。恒星メダイロンの放射なしでも、アフィリー効果を維持できる方法を見いだすために。

アフィリカーの科学者たちに建設的な共同作業をさせるには、外界から隔離し、K＝2ロボットに武器で強制させる必要があったが。その成果が最近、はじめて報告された。

恒星メダイロンの五次元放射によるアフィリー効果の正体がつきとめられたのである。専門家チームはただちに、薬物によって同じ効果を得る方法を探求。見とおしは明るい。コンビ・ポジトロニクスがはじきだしたところでは、おそらく三週間以内に目標を達成できるだろう。

*

一方、〝信仰の論理〟の思惑はまったく違うものであった。ポルタ・パト……古レムールの海底基地が攻撃されたとき、レジナルド・ブルは〝善良隣人機構〟メンバーの大多数を転送機でオヴァロンの惑星に送りだし、安全に避難させていた。このときいっしょに地球にのこったのは二百名ほどの中心メンバーだけで、そのほとんどが経験豊かな戦士と専門分野の有能な科学者である。

レジナルド・ブルの周囲でも、〝喉〟への墜落は地球の終焉および人類の最期を意味すると予想されていた。かつてプローン戦争のさい、テラの戦闘艦はまるで転送機をくぐるように〝喉〟を通ったが、地球ほど複雑で巨大な構造物が容易に通過できるとは考えにくい。

しかし、OGNの科学者たちは、たとえ明白に見える結果でも、実験もなしにそのまま受けいれることはしなかった。〝喉〟をよく観察し、ポジトロニクスにそのモデルを構築。〝喉〟は上位連続体に属する宇宙構造である。人間の感覚器官では認識できず、テラの夜空に浮かぶ漆黒の染みはその四次元的表現にすぎない。

熟考の結果、専門家にはすぐにわかった……地球が、〝喉〟を通過する宇宙船と違う運命をたどる心配はないのだと。まず事実を仔細に調査し、さまざまな計算をくりかえす。さらに不確定ファクターを考慮し、あらゆるパラメータを変化させてみた。結果はほぼ一致。人類が地球とともに〝喉〟をぶじに通過する確率は八十パーセントである。ただし、この値は不確定ファクターをすべて不利なものとして算出した結果であり、実際の確率は九十パーセント以上と予想される。

つまり〝信仰の論理〟には、〝喉〟への墜落を恐れたり、人類の救出手段を検討したりする理由はほとんどないのだ。突然トレヴォル・カサルが避難計画に熱心にとりくみだしたのとは裏腹に。のこる問題は、地球がルナ、恒星メダイロン、ゴシュモス・キャッスルとともに、墜落後にどの宙域に再物質化するかである。それについて頭を悩ませても意味がない。人類の存亡は、宇宙のどこに存在するかではなく、地表を暖める恒星が近くにあるかどうかにかかっているのだから。だが、メダイロンが二惑星をともなって〝喉〟を通過すれば、この点を心配する必要はない。

アイアンサイドとブルがカサルの提案をうけた理由は、ただひとつ。人々は〝喉〟への墜落に対する恐怖でパニックになり、論理的な話しあいができなくなっている。それでも、救出作戦が展開されるのを見れば正常にもどるかもしれない。そのためなら、アフィリカーと協力するかいがあるというもの。これが、国家元帥と神父の見解である。〝信仰の論理〟幹部は、技術的領域に関してトレヴォル・カサルのやり方に干渉しないと決めた。避難計画に協力すれば、人類救出委員会との協定による利点を享受できる。この利点とは、テラニア・シティ政府が〝信仰の論理〟を迫害せず、その活動を妨害しないこと。それだけで充分だ。

*

レジナルド・ブルの側近には〝愛の本〟と呼ばれるシルヴィア・デミスターとセルジオ・パーセラーのほか、友であるオリヴェイロ・サンタレム医師、意味論学者スリマン・クラノホがいる。くわえて、ランジート・シンも。パンジャブ出身のシンは瘦《や》せっぽちの青年で、勇敢というよりずるがしこいが、ポルタ・パトでは英雄的な戦いぶりだった。

スリマン・クラノホはテラニア・シティ派遣監視団のリーダーに選ばれた。クラノホ以外の監視団メンバーは、すべて〝信仰の論理〟のアフィリカーだ。アイアンサイドの副官だったジュピエ・テルマアルとアーチャー・プラクスもいる。

監視団がテラニア・シティに向けて出発する日の朝、シルヴィア・デミスターはジュピエとアーチャーを訪ねた。パルクッタ・プロジェクトで自分とランジート・シンの命を救った恩人を見送ろうと考えたのだ。あれ以来、シルヴィアはこの個性的なふたりに友情めいた感情をいだいている。アフィリカーに〝友情〟という概念が通じればの話だが。

インターカムでふたりに連絡をとろうとしたが、徒労に終わったため、運を天にまかせて探しはじめた。アイアンサイドのもと副官たちの宿舎は、側廊に面したちいさなアパートメントの一室だ。神父とレジナルド・ブルの部屋も近い。宿舎を訪ねてみると、アーチャー・プラクスの玄関ドアには鍵がかかっていた。次にジュピエ・テルマアルの部屋を訪れると、自動的に開いた。

玄関に足を踏みいれると、おかしな声がする。立ちどまって耳をかたむけた。たしかにジュピエとアーチャーの声が奥の部屋から聞こえるのだが、なにかおかしい。まったく奇妙な響きだ。シルヴィアはとまどいながら、居間のドアを開けた。そのまま入口で立ちすくむ。

ふたりは膝を抱えこみ、床にしゃがんでいた。視線をややあげて、前方を凝視しながら。その目は夢見るように輝いている。アフィリカーのこのような目を見たのははじめてだ。シルヴィアがはいってきたのにも気づかない。

かれらの会話はまったく嚙みあっていなかった。これでは会話とはいえない。まるで、見えない絵画を前にして話しているようだ。

「子供たちの満面の笑顔が……」と、ジュピエ・テルマアル。いつもの甲高《かんだか》い声が、やわらかな低音に変わっている。

「なんて楽しそうに笑っているんだ！」と、アーチャー・プラクス。

「幸せそのもの！」

「どこにも苦しみはない！」

シルヴィアはおそるおそるふたりに近づいた。

「ねえ、ジュピエ……アーチャー……」と、声をひそめて話しかける。

「明るく、力あふれる太陽！」ジュピエがうれしそうな声をあげた。

「暖かい光がすみずみまでとどいて……」と、プラクス。

「あれが、われわれの太陽だ！」

アーチャー・プラクスはそれを聞いて敬虔な目をし、

「そうだ……われわれの太陽だ！」と、たしかめるようにいった。

シルヴィアはそっと部屋を出た。玄関ドアの向かい側の通廊にインターカムがある。案内係にすぐ聞いて、オリヴェイロ・サンタレムの呼び出しコードを入手。

シルヴィアの尋常ならぬ顔がちいさなディスプレイにうつしだされたとき、医師ははっとして動きを止めた。

「いったいどうした、シルヴィア？」

「ジュピエとアーチャーのようすがおかしいの。早くきて！」

＊

オリヴェイロ・サンタレムは男たちを一瞥《いちべつ》。ふたりとも、まだ床にしゃがみこんでいる。

「見たところ、酔っぱらっているようだが」

医師はひざまずくと、アフィリカーの顔を覗きこんだ。

「知ってのとおり、アフィリカーはわれわれと同じ酔い方はしない。酒を飲むと狂暴になるのだ。ところが、このふたりはまったく平和的だ」ふたたびからだを起こしてシルヴィアを真剣に見つめ、「きみのいったとおりだな。なにかおかしい！」

医療ロボット二体がジュピエ・テルマアルとアーチャー・プラクスを野戦病院に連れていく。力ずくで運ばれたわけでなく、みずから進んでロボットについていったのだ。

その道すがらも、夢中で〝見えない絵〟の話をしていた。

監視団の出発はひとまず延期とし、テラニア・シティにその旨を通知。その夜、アイアンサイド神父とレジナルド・ブルは側近を集めた。全員の目がオリヴェイロ・サンタレムにそそがれる。長身で肩幅がひろく、ブロンドの髪と青い目のせいで南アメリカ出身にはとても見えない。すこし疲れているようだ。

「単刀直入にいいましょう」と、切りだす。「なぜジュピエとアーチャーがおかしくなったのか、まだわかりません。薬物の影響下にあるのはたしかですが、その種類も効用もまったく謎で」

だれもが落胆の色をかくそうとする。それを見て、医師はつけくわえた。

「とはいえ、いまのふたりにはアフィリーの徴候が見られないのです！」

レジナルド・ブルは医師の顔を凝視した。

「ということは……正常にもどったと？」

「いまのところは」

「いまのところとは？」

「アフィリー効果が消滅したのは、薬物のせいだと思われます。体内の薬物濃度が時間の経過とともに低くなるのは、計測結果がしめすとおり。その影響が完全に消えれば、すぐにまたアフィリーの徴候が見られるでしょう」

ブリーは神父の顔を見つめ、

「真実を究明しなければならんな」と、告げた。「まず、ふたりのかわりに派遣する者を決めてもらいたい」

アイアンサイドはうなずく。

「承知しました」

命令はただちに実行にうつされた。翌日、スリマン・クラノホ率いる監視団はテラニア・シティに向けて出発。ジュピエ・テルマアルとアーチャー・プラクスのかわりに、ほかの〝信仰の論理〟メンバーが派遣された。その日のうちに、ヘイリン・クラットがアフィリー政府の閣僚五名と国務次官級の十二名をしたがえて上海に到着。スラム街の中心部にとどまった。その世話をするのはロボット部隊だ。不自由のないよう気を配ると同時に、一行の動きを監視する。

そのころ、病院に収容されたアーチャー・プラクスとジュピエ・テルマアルはぐっすり寝ていた。眠りにつく最後の瞬間まで、自分たちにしか見えない絵のすばらしさを熱心に語りあいながら。

＊

ジュピエはベッドのすみに腰かけていた。野戦病院の患者用衣類を身につけた姿が滑稽に見える。その顔は真剣だが、どこか無表情で、アフィリー効果がもどったのはだれの目にも明らかだ。

「なにがあったか、わかりませんな」と、医師の質問に答える。「アーチャーとわたしは町に買い物に出かけて……」

そこで口をつぐむ。

「思い出すのだ。だれかに会って、話したか？」と、レジナルド・ブル。みずから事情聴取を買ってでたのだ。

「もちろん」と、ジュピエがうなずいた。「ちいさな店で軽食をとった。当然、セルフサービスの人工的な食べ物です。近くにはK＝2が一体いて、列に割りこまないよう見張っていたんですが……」

患者は突然、顔をあげた。

「あのK＝2！」と、声をしぼりだす。

「K＝2がどうしたのだ？」ブルが先をうながした。

「突然、われわれに近づいてきたんです。規則に反するようなまねはなにもしてないのに。アーチャーがまず気づき、逃げようかと考えましたが、勝算がなかったので……」

ふたたび沈黙。場面の鮮明な記憶をたぐりよせているようだ。

「それから？」サンタレムが先をうながした。

「それから……目の前に立ったK＝2が突然、手をさしだしたんです。てのひらには、ちいさな四角い錠剤がふたつ。それをのむよう、われわれに命じて」

ジュピエは目の前の床に視線を落とした。

「それで？」と、レジナルド・ブル。「どうした？」

「うけとって、口にいれましたよ！」と、患者が金切り声をあげた。「K＝2の命令には問答無用でしたがわなければなりませんから」

「で、そのあとどうしたのだ？」

「自動供給装置から軽食をとりだすと、テーブルについて食べました。そして、家にもどったんですが……」

「それから？」と、サンタレムが畳みかける。

だが、それ以上の収穫はなかった。テルマアルはアーチャー・プラクスとともに町を出たあと、なにが起きたのかまったくおぼえていないという。野戦病院のベッドで目ざめるまでの記憶がまるごとぬけているのだ。

そのあいだになにが起きたにせよ、ひとつだけたしかなのは、快適な体験だったということ。

サンタレムはジュピエに宿舎にもどる許可をあたえた。アフィリカーが病院を出ていくと、医師はレジナルド・ブルに向きなおり、

「かれの話はアーチャー・プラクスの証言と一致します。どう思いますか？」

レジナルド・ブルの角ばった顔に苦笑いが浮かんだ。

「アフィリーの最悪の産物であるK＝2が、非アフィリー化薬物を配布するとは！　頭がおかしくなりそうだ……いまはまだ正常だとしても、すぐにでもな！」

3

翌朝、大移動がはじまった。

上海のスラム街だけでも〝信仰の論理〟メンバー三千名が、〝大規模な避難船団の建造に着手するため、現場に出向いた。このチームが担当する広大な工廠はターフォンにある。トンタイとショーヤンにはさまれた海岸ぞいの町で、上海からほぼ二百五十キロメートル北に位置する。メンバーは地方自治体が提供した巨大な貨物グライダーで工廠に向かった。アイアンサイド神父とレジナルド・ブルが直接ここでの指揮にあたる。

この日、テラではぜんぶで八十二カ所の工廠が息を吹きかえした。〝信仰の論理〟は三十万人以上の労働力を提供。とはいえ、専門家でないため、最初の二週間はメンバーのトレーニングに費やされる。そのあとようやく、生産ロボットが投入されるのだ。これらのロボットは、かつて叛乱を起こしたさいに非活性化されていた。宇宙船の製造工程を管理・監督し、必要原料や消費材料の帳簿処理をするのがその役目だが、当時は〝アシモフのロボット工学三原則〟によって危険な存在となる恐れがあったため、排除されたもの。

〝信仰の論理〟メンバーの任務は、巨大避難船の建造そのものではない。生産の各工程を監督し、ロボットの不具合をチェックしなければならないのだ。あらたに運転をはじめたのは工廠だけではないから。必要な資材を調達するため、付近の施設も生産を再開した。昔からの慣習で〝鉱山〟と呼ばれている施設である。とはいえ、実際に採掘作業をするわけではない。ここでは安く容易に調達できる原料をもちい、核融合プロセスによって、造船に不可欠な資材を生成するのだ。ターフォン工廠に隣接する〝鉱山〟では、おもに砂、つまり珪素を加工して鉄をつくっている。鉄は次のプロセスをへて、テルコニット鋼に変わる。

政府の計画では、ギャラクシス級の超弩級戦艦を基本として製造する予定である。武器類や星系間航行用エンジンなど、今回の避難活動に不要と思われる装備は排除。スペースの節約をはかるためだ。その結果、宿泊設備として四十平方キロメートルが充当される。避難先までの航行にかかるのが数時間、乗下船の時間を考慮しても長くて二日と見積もった場合、ひとりあたり二十平方メートルのスペースがあれば充分。つまり、一避難船につき最低でも二百万人を収容できる。したがって、全人類の避難にはこの規模の船が一万隻必要になる。

これほどの大船団がはたして、〝喉〟に地球が墜落するまでに完成するのか……その疑問がひろがったのは〝信仰の論理〟内だけではない。

アフィリー政府は重装備とディメセクスタ・エンジンの搭載をあきらめたほかには、従来のギャラクシス級戦艦のデザインをそのまま採用した。操業を再開した八十二工廠すべてがこの種の戦艦の建造に特化されているから、設備に変更をくわえることなく作業をすぐに開始できる……これがトレヴォル・カサルの見解だ。一方、レジナルド・ブルは政府の決定を疑問視。船のデザイン自体を簡略化すべきであると、ブリーは考えた。この場合、工廠の大規模な改修が必要となるが、のちの生産工程が簡略化されるため、結果的にはかえって早く作業が完了する。それでも、ブルは自分の意見を口にしなかった。カサルのやり方に干渉しないと決めたのだから。

工廠では船の外殻を構成する巨大なセグメントがエネルギー・フィールド内で成型された。両端が細く、中央部分がひろいアーチ型だ。セグメントは横たえられたまま、艦隊テンダーのプラットフォーム上で成型される。三セグメントの準備がととのうと、テンダーは静止軌道上の作業ポイントに向かう。宇宙空間での組み立て作業にあたるのは、長いあいだ使用されなかった生産ロボットだ。大型で非常に多くのエネルギーを消費するこのマシンは、ほかのロボットと異なり、人間との類似性はいっさい持たず、目的のみにかなった形体をしていた。船体内部をかたちづくったのち、最後のセグメント装着によって球型の外殻を完成させる。

〝信仰の論理〟の男女メンバーは熱心に任務にとりくんだ。避難船団の建造はコミュニティ全体の、しいては各自の生活を楽にするための共同作業だ。まさに組織の原則に沿った行為といえる。私利追求のため、キリスト教の原則にしたがうのだ。アイアンサイド神父は皮肉をこめて、これを〝アフィリーの最高傑作〟と名づけた。

やがて、数週間が経過。メンバーのトレーニングは完了し、〝鉱山〟が操業を開始した。工廠でもロボットの試運転後に必要な修正がほどこされ、ついに生産がはじまる。すべてが順調にいけば、一工廠につき週三隻、全体で週二百五十隻が製造可能だ。とはいえ、避難船団の完成には四十週あまりを要する。〝信仰の論理〟の専門家もレジナルド・ブルの側近も、〝喉〟への墜落までそれほどの猶予があるとはとても思えなかった。

それでも、アイアンサイドとブルの思惑どおりにことは進んだ。避難船団の建造に踏み切ったという政府発表の翌日、パニックによる暴動の数は四分の一に激減。そのあとも減っていった。人々は知ったのだ……自分たちの救出に向けて努力がつづけられていると。工廠の近くに住んでいれば、すぐにわかる。政府発表は嘘ではない！

政府は避難船の建造にあたり、〝信仰の論理〟が協力している事実についてはいっさい触れなかった。これまで敵対してきた組織がいまは必要不可欠となったわけだが、人人にとり、それは重要ではない。市民が知りたいのは、自分たちの存在をだれかが気にかけているかどうか。それがいま証明されたのだ。かつての〝鉱山〟と工廠を再開させたのがだれかという点は、どうでもいい。

こうして、数週間が順調にすぎた。夜空に浮かぶ輝点は日ごとに増えていき、鎖のように連なる。巨大ロボットによる静止軌道上での組み立て作業がはじまったのだ。最初はアメリカ大陸上空、そこからヨーロッパと東アジア方面にひろがっていく。

ところが、思わぬ事態が発生した。

＊

「問題が起きました」と、シルヴィアが簡潔にいった。

たったいま工廠を出て、レジナルド・ブルと側近の宿舎がある建物についたところだ。ブルはシルヴィアの真剣な口調に驚き、朝食を中断して顔をあげた。

「問題とは？」

「ご自分の目でたしかめたほうがいいと思います。どう報告すればいいのか、わたしにはよくわかりませんので」

宿舎の共有スペースにスクリーンが数基ある。シルヴィアはそのうちふたつのスイッチをいれた。工廠の数十万平方メートルを見わたせるよう、敷地上空にカメラが設置されている。かたまって立ちつくす人々がスクリーンにうつしだされた。蟻のようにちいさく見えるので、なにをしているかまではわからない。揺れ動いているようだが、移動しているわけではなかった。そうした集団がいくつもある。千名をこす人間が、持ち場をはなれ、敷地に立っているのだ。

ブルは跳びあがった。

「なにが起きた？　あそこでなにをしている？」

「ただ好き勝手に話すだけで」と、シルヴィアが応じた。「この前のジュピエやアーチャーと同じく、会話が成立していません。ひとりがなにかをいうと、べつのだれかが口を開き、それが次々と……」

「で、だれが生産工程を監督しているのだ？」と、レジナルド・ブル。

「だれも。答えられる状態の者はひとりもいません。質問にも要請にも反応をしめさないのです。いまはまだ、すべてが正常に動いていますが、わずかな誤作動でもあれば危険です。ただちに工廠の生産を停止しなければ！」

ブルはその危険性をよく知っている。この工廠は、以前なら自動制御にまかせておくことができた。中央ポジトロニクスが記録装置のプログラミングにしたがって作動していたから。ポジトロニクスは製造工程が計画どおり進んでいるかチェックし、不具合があれば、ロボットを呼んで修理させたもの。いわば、工廠自体が一種のサイバネティクスだったのである。みずから制御するわけだ。

だが、いまは状況がまったく異なる。一刻の猶予もならなかったため、工廠の設備もロボットも、表面的な短時間のテストを終えただけで、ふたたび作動させたのだ。中央ポジトロニクスが完璧に動くかどうかさえ疑問である。

たとえば、鉄プラズマは〝鉱山〟からプラズマ溝を経由してテルコニット転換炉に供給されるわけだが、万一転換炉が停止した場合、その溝をただちに閉鎖する必要がある。さもないと、転換炉の受け入れ部があふれて、磁気成型フィールドから数百万度のプラズマが流出するだろう。そうなったら大爆発は避けられない。

つまり、ここではマシンに見張りが不可欠なのだ。だからこそ、〝信仰の論理〟は三十万人以上の人員を派遣したのである。

「いっしょにきてくれ！」レジナルド・ブルはシルヴィアに告げた。朝食の途中だということもすっかり忘れ、ドアに急ぐ。

屋外ではグライダー数機が待機していた。もよりの一機に乗りこみ、ただちに発進。機体は低空飛行のまま、猛スピードで工廠敷地内に向かった。接近するにつれ、スクリーン上で人々の集団が揺れ動いて見えた理由がわかった。全員が一方向を見あげ、大きな身振りをくわえながら絶え間なくしゃべっている。まるで、なにか刺激的な光景を目の前にしたように。そのようすが振動しているように見えたのだ。

グライダーを降りたとたん、巨大な工廠にエネルギーを供給する核融合炉のうなるような機械音につつまれた。製造工程は天候に左右されないため、ほとんどの施設は屋外にある。労働者にはちいさなシェルターが用意されていた。左手にテルコニット転換炉の建物がそびえたつ。プラズマ溝は地下に敷設ずみだ。

ブルとシルヴィアが近づくと、人々のなかから感嘆したような声が聞こえてきた。

「なんて、みごとな……」

「すべてはとうに忘れていたもの……」

「昔見た夢と、そっくりだ……」

レジナルド・ブルが労働者の輪にわけいる。人々は押されてよけながらも、北の空に浮かぶ〝見えない絵〟から目をはなさない。

「聞け！」と、国家元帥は叫んだ。「このままでは工廠が危険だ！　ただちに持ち場にもどれ。さもないと、追いたてるぞ！」

その声は狂喜の叫びにかき消された。

「太陽……われわれの太陽だ！」

だれも不死者の声に耳をかたむけない。ブリーは労働者のひとりに近づくと、肩をつかんで無理やり方向転換させた。

「あっちに行くのだ！」と、声をかける。「きみが担当する制御コンソールはそこだぞ！」

相手は従うそぶりを見せたが、ブルが手をはなしたとたんに踵《きびす》を返し、仲間のところにもどってしまう。相《あ》いかわらず、恍惚とした表情のまま。

　腕力は通じないだろうと、レジナルド・ブルは思った。この異常な陶酔状態から人々を呼びさまし、ふたたび持ち場につかせるのは至難の業《わざ》だ。だが、この瞬間にも、マシンが誤作動を起こし、製造工程が麻痺するかもしれない。

　思案しながら視線をめぐらせたとき、北東方向にある艦船テンダーが目にはいった。直径百メートルほどの球型本体とプラットフォームを持つ。プラットフォームには外殻セグメントが拘束フィールドで固定されていた。横二・五キロメートル、縦一キロメートルのテルコニット鋼である。そのすぐ上空では、輝くエネルギー・フィールド内でふたつめのセグメント成型がはじまっていた。白熱するテルコニットがフィールド内にひろがり、かたちをとりはじめる。周囲のエネルギー・フィールドから、くぐもった轟きが聞こえる。

　突然、上空で鋭い音がした。思わず空を仰いだ瞬間、ブルは凍りついた。成型フィールドの最上部に閃光がはしっている。フィールドが不安定になったのだ。燃えたぎるテルコニットがフィールドの拘束を解かれ、一キロメートル上空から工廠の敷地に降りそそぐ。フィールドの不安定性は外縁にそってひろがり、大音響が生じた。テルコニットは地面にとどく前にかたまりはじめる。煙が立ちのぼり、工廠はたちまち灼熱地獄と化した。

「逃げろ！」レジナルド・ブルが叫ぶ。

そのとき、古い警報装置の一基が危険を感知。サイレンが咆哮《ほうこう》をあげはじめた。

＊

映画のスローモーション・シーンさながらであった。数千の修羅場《しゅらば》をくぐりぬけてきた不死者の意識は、すべてをとらえていた……はじける成型フィールドの亀裂がまたたくまにひろがるさまも、溶けたテルコニットが煙をあげながら落下していくようすも。轟音《ごうおん》が工廠の広大な敷地をおおいつくす。煙に満たされた空のあいだから、白熱の溶融物が大量に落ちてくる。そのまま煙をあげながら地面にぶつかり、爆発を起こした。テンダーはすでにフィールド・バリアを展開。バリアは微光を発しながら、球型の船体をつつむ。防御バリアにあたったテルコニットは大音響をともなって破裂し、あらゆる方向に飛散した。

だが、なによりも恐ろしいのは人々のようすであった。目の前のカタストロフィにまったく関心をしめさず、天を仰いでいるのだ……陶酔を生みだす〝見えない絵〟をまだ見ているかのように。サイレンのうなる音も、崩壊する成型フィールドと落下するテルコニットの轟音も、耳にはいらないらしい。そのとき、融解したテルコニットの巨大な火の玉がある集団の中央に跳びこんだ。地獄のような爆発音が犠牲者の絶叫をかき消す。

それでも、百メートルとはなれていない隣りの集団が動じるようすはない。ほかの集団も同様である。

ブルはすばやくあたりを見まわした。近くの人々に危険が迫っていないのを確認し、グライダーに急ぐ。煙の向こうから、影があらわれた。

「どこに行くのです?」

甲高い声。シルヴィアだ。

「人々を追い散らすのだ!」と、かすれた声で応じ、コクピットに跳びこむ。「きみはここからはなれろ!」

いいおわらないうちに、シルヴィアは隣りに乗りこんでいた。ブルはあっけにとられて部下を見つめ、苦笑いする。

「ま、いいだろう! 上空に注意してくれ!」

ハッチは開いたままだ。シルヴィアはできるだけ身を乗りだし、球型のバリアにそって落下してくるテルコニットから目をはなさないようにする。エンジンが咆哮をあげ、グライダーは上昇。工廠の敷地をおおう煙のなかに突っこんでいく。

一集団の周囲でテルコニットが地面に跳ね落ち、煙をあげている。それでも人々は動こうとしない。

「おろか者!」ブルが怒声をあげた。

ただちに旋回。グライダーを横方向に滑らせ、危険が迫る側から労働者たちに近づく。ほとんど地面をかするようにして、機の胴体で人々に軽く触れ、追いたてた。だれもが相いかわらず陶酔状態だ。わきによけることもせず、そのままグライダーに押されるように安全なところまで動いた。

「あぶない！」突然、シルヴィアが叫ぶ。

レジナルド・ブルは本能的に反応した。方向も定めないまま、加速する。近くにいた人々は機体の急旋回をかわせずに転倒した。グライダーはその上を飛びこえると、動きが機敏になった集団にふたたび接近。

突然、大音響がした。グライダーが燃えあがる炎の壁につつまれる。衝撃で操縦席から高くほうりだされたが、ブルは最後の力をふりしぼり、ちいさな操縦桿を握った。機体は立ち往生し、エンジンが咆哮をあげる。炎の壁が消えたあとで見ると、操縦席前のグラシット材が黒焦げになっていた。どこに向かえばいいのかわからない。機体を数メートル上昇させ、そのまま直進。隣りからシルヴィアの声が聞こえた。

「壁をつきやぶるつもりですか？」

ようやく機体を着陸させる。とてもスムーズというわけにはいかなかったが。制御装置が損傷したにちがいない。エンジンを切り、ほっとしてシートにもたれかかった。ふと見ると、両手が震えていた。

その日だけで、ターフォン工廠は三千名のうち二百名強の人員を失った。負傷者は四百名にのぼる。生産ラインは停止し、焼けただれた敷地はクレーターさながら。事故当時、地下の制御センターにつめていたアイアンサイド神父がすぐに工廠ごと停止させなかったら、被害はさらに深刻なものになっただろう。

レジナルド・ブルとシルヴィア・デミスターが白熱したテルコニットを逃れたのは、ほとんど奇蹟であった。シルヴィアの注意力とブルのすばやい反応のおかげで、溶融物が機体をかすめただけですんだのだ。それでもグライダーは操縦不能となり、エンジンも故障。ブルがグライダーで追いたてた四十名のうち、三十一名は無傷だったが、グライダーの急旋回でバランスを失った七名が融解したテルコニットの下敷きになり、ふたりが重傷を負った。

＊

この同じ日に事故が起こったのはターフォン工廠だけではない。それを知っても、ブルにとってなぐさめにはならなかったが。南アメリカ西部の太平洋沿岸に位置するアタカマ工廠でも、同じような大災害に見舞われたのだ。そこでも、人々が突然に作業場をはなれ、空を仰いで立ちつくしたという。その結果、誤作動した核融合炉のひとつが爆発。ただの熱爆発ですんだものの、万一、水素プラズマの融合プロセスが制御不能におちいったなら、海岸線ごと吹っとんでいただろう。それでも三百名をこす死者が出たのだが。

二工廠が閉鎖されたこの悪夢の日以来、のこりの八十工廠にはつねに恐怖がつきまとった。地球上のいたる場所で、数時間にわたる人々の奇異な行動が報告される。ターフォンやアタカマと同様、突然すべてを投げだして集団をつくり、〝見えない絵〟を賞讃しはじめるのだ。オリヴェイロ・サンタレムはこの現象を〝陶酔境〟と名づけた。恍惚状態となった人々は、ジュピエ・テルマアルやアーチャー・プラクスと同じ行動をとる。これまでのところ、原因は解明されていない。

アフィリー政府はこの奇妙な現象についても、工廠のカタストロフィについても、報道をさしひかえた。政府にとり、陶酔状態というきわめて非アフィリー的な現象は、それだけでも沈黙の充分な理由になる。テラニア・シティでは、派遣された〝信仰の論理〟監視団の代表スリマン・クラノホが政府幹部に釈明をもとめた。幹部は説明の前に徹底的な調査が必要だといって、これを拒否。

レジナルド・ブルとアイアンサイドが納得するはずはない。神父はひろくはりめぐらせた情報網をフルに活用し、国家元帥はテラ全域に散らばるOGN残党に呼びかけ、情報収集につとめた。まもなく成果があがる。

翌日の昼ごろ、レジナルド・ブルは宿舎で、ポジトロニクスが分析した前日の被害状況の報告書に目を通していた。そのとき、ドアが開いた。はいってきた男の顔を見るのは数週間ぶりだ。レーヴェン・ストラウトである。かつてOGNのスパイとしてインペリウム＝アルファに潜入し、ポルタ・パトの事件以後はテラニア・シティのかくれ場ですごしてきた。

男は挨拶の笑顔を見せると、

「ふたたび自由に動けるようになってよかった。ひと月ほど前なら、ここまでくるのに三日はかかりましたから」

レジナルド・ブルは問うように部下を見つめ、

「なにかニュースがあるのだな！」

ストラウトはうなずくと、足で椅子をひきよせ、腰をおろす。

「あなたの呼びかけを聞きました。これから話す内容が、閣下の好奇心をある程度満たすかもしれません。とはいえ、それはわたしの功績ではありませんが。近くにいたのはただの偶然ですから」

「どこにいたのだ？」レジナルド・ブルが先をせかす。

「ソンブレロ・ステーション、テラニア・シティ最大のパイプ軌道駅のひとつです」

「で、なにがあった？」

「突然、K＝2があらゆる入口に出現し、駅構内を封鎖したのです。危険を感じた市民はわめきはじめましたが、K＝２は人々を追いたてて十人から二十人ずつのグループにわけただけ。撃たれないとわかり、市民は徐々におちつきをとりもどしました。そこで、菓子のようなものが手わたされたのです。ちいさな錠剤……」

「四角いやつか！」ブリーがさえぎる。

レーヴェン・ストラウトは目をまるくした。

「ご存じで？　ええ、四角い、ちいさなライトグレイの錠剤です。K＝２が、それをひとり一錠ずつのむようにと。K＝２の命令に従うのに慣れている市民は、素直に口にいれました」

ストラウトは頭をかき、

「なにか関連があるのでしょうか。根拠はありませんが」と、すこし不機嫌そうにつけくわえる。「駅のホールにいたのは五千人から六千人。数時間後、同じくらいの人数の市民がソンブレロ地区の通りにたたずみ、空を見あげて恍惚状態で叫んでいました。K＝２連隊がやってきて追いはらうまで、ずっと」

「その推測はあたっているだろう」と、ブルが応じた。「錠剤と関連があるにちがいない。きみものんだのか？」

レーヴェン・ストラウトは眉をひそめると、

「わたしは臆病者ではありません、サー」と、答えた。「ですが、K＝２の命令となると……」

「のんだのだな？」

「は、サー」

「で、影響は？」

ストラウトはかぶりを振り、

「それが、まったくありません」

ブルはドアに数歩近づいたと思うと、ふたたびもどり、

「なにか意味があるのは明らかだな」と、つぶやいた。「いずれにせよ、サンタレム医師によく診《み》てもらうといい。いまの情報はきわめて重要……」

「話はこれで終わりではないのです、サー」ストラウトがさえぎった。

「なんだと？」

「昨晩また、スラム街のはずれでべつの奇妙な出来ごとがありました。K＝2も立ちいろうとせず、〝信仰の論理〟のテリトリーでもない場所です。いわば中間地帯といえるでしょう。そこで、かつて〝本〟が出まわったのをおぼえていますか？」

「聞いたことがある」と、ブルが応じた。

「ふたたび、売人があらわれたのです」と、ストラウト。「今回は〝本〟でなく、ちいさなライトグレイの四角い錠剤を売りさばくために」

細胞活性装置保持者は動きをとめ、驚いてレーヴェン・ストラウトを見つめた。

「売人だと？　K＝2ではないのか？」

「違います、サー。アフィリカーの売人です。そのひとりをつかまえて締めあげましたが、錠剤の供給元は知らない、自宅で見つけたのだといいはりました。一錠あたり半ソラーで飛ぶように売れる……そう書かれたメモがそえてあったとか」

そこまでいうと、ストラウトは喉を鳴らして笑いはじめた。

「なにがおかしい？」と、ブル。

「錠剤の名前ですよ、サー！　どう呼ばれていると思います？」

「知るものか」

「メモによれば、〝潜在感情をパラ心理的・集中的に不安定化する〟のが錠剤の効能だそうで。効能の頭文字をならべると、〝ピル〟になるのです！」

4

ターフォン工廠に派遣されていた〝信仰の論理〟のメンバー二千八百名は上海のスラム街にもどった。ごくわずかな中心メンバーだけが工廠の敷地内にのこり、被害状況を分析して再建のめどをたてる。

レーヴェン・ストラウトはふたたびテラニア・シティに向かい、上海にのこったレジナルド・ブルとアイアンサイド神父は頭を悩ませた。だれがどのような目的でこの奇妙な薬物をばらまいたのか、いまだ解明できない。一瞬、アフィリー政府が〝ピル〟の製造および仲介をしているのではないかと疑ったが、打ち消した。動機がまったく思いあたらないから。

オリヴェイロ・サンタレム医師はレーヴェン・ストラウトを出発前に診察。体内にわずかにのこる薬物の痕跡を見つけ、考察を重ねた。ストラウトが出かけた翌朝、朝食のさいにブルとアイアンサイドをつかまえると、

「おもしろいのは」と、いきなり前置きなしではじめた。「実際に名前が意味をなして

いることです」

「〝ピル〟か？」と、ブル。

「そのとおり。人はこれまで、感情を不安定なものと考えてきました。ある人ははげしく、ある人はおだやかで、前面に出るときもあれば、ほとんど感じないときもある。アフィリーは、感情の安定状態ともいえます。つまり、ゼロレベルで安定しているのです。安定したゼロレベルの感情なら〝潜在感情〟と呼んでもいいでしょう。その潜在感情を、何者かがふたたび呼びさました……パラ心理的方法をもちい、集中的に不安定化することで。わかりにくい効能に聞こえるかもしれませんが、じつは問題の核心をついているのです！」

「つまり、薬物の背後に専門家がいるというのだな？」と、アイアンサイド。

「それについては以前からはっきりしていた」レジナルド・ブルが口をはさんだ。「そうでなければ、これほどの効き目はなかっただろう」

「たんなる専門家でなく、われわれ以上にアフィリーに精通している人物にちがいありません」と、サンタレムが神父の質問に応じる。「一時的にせよ、錠剤にはアフィリーのあらゆる影響を排除する効果がある。人々は突然、まったく新しい生命感を開花させるのですから。そのような薬物の開発には豊富な知識が必要です」

〝ピル〟に関しては、いまのところ仮説と憶測の域を出ない。だれも出どころを知らないのだから。テラニア・シティ滞在中のスリマン・クラノホによれば、アフィリー政府もとほうにくれているという。ちいさなライトグレイの錠剤は各地で活発に売買されているようだ。それでも、恍惚状態でたたずむ集団の姿は見られなくなった。薬物を入手した人々が、自宅に持ち帰ってひそかに楽しむようになったから。しかし噂によると、すでに錠剤を服用したことのある者にとっては、最初のときほどの効果が出なくなるらしい。確証はないが。

ターフォン工廠では錠剤の入手経路について調査が進んでいた。薬物の効きめは服用の一時間後に出はじめ、数時間ほど持続する。これは実証ずみだ。そこでまず、工廠の敷地内に売人が忍びこんだ可能性を調べてみた。しかし、工廠にいた全員が例外なく薬物を服用したと思われること、また、その効果がほぼ同時にあらわれたことから、この仮定は却下。

とくに、このふたつめの事実は謎を解明する重大な手がかりとなった。労働者は食事をとるため、一日に三回食堂に集まる。食堂は昔からの供給ラインで上海の自動調理施設とつながっている。シルヴィア・デミスターが宿舎に駆けこんでレジナルド・ブルに異常を報告した一時間ほど前、食堂で朝食が提供された。夜勤明けの者にとっては夕食になるが。つまり、この時間には工廠のほぼ全員が席につき、ほとんど同時に食事をとったことになる。

薬物はこの食事に混入されていたにちがいない。ということは、アイアンサイド神父やレジナルド・ブルとその側近も摂取したはず。宿舎の食事も食堂と同じ供給ラインで運ばれるから。

シュプールをたどれるのはここまでだった。問題の時間帯にだれが上海の厨房施設内に立ちいったか、追跡するのは不可能だ。とはいえ、正体不明の刺客《しかく》がターフォンに直結するラインを狙ったことは確実である。はじめからターフォン工廠を麻痺させる目的で、上海の厨房に侵入したにちがいない。

薬物の出自がつきとめられた日、ポジトロニクスは最終的な損害分析を報告。それによると、ターフォンの生産施設の六十パーセントが破壊もしくはひどい損傷をうけた。工廠の再建には通常の場合でも三、四カ月が必要。現在の状態だと七、八カ月はかかるだろう。つまり、ターフォン工廠は事実上、今回の避難計画からはずれることになる。

レジナルド・ブルとその側近はターフォンに見切りをつけ、撤収準備にかかった。工廠の被害状況についてはすでにスリマン・クラノホ経由で、トレヴォル・カサルに知らせてある。側近たちはその日の午後遅く、グライダーで上海に向けて出発。恒星メダイロンが地平線に沈むころ、まだ工廠の敷地内にのこっているのはレジナルド・ブルとアイアンサイド神父のふたりだけだった。グライダーは宿舎前に駐機してある。ブルは忘れものがないか確認するため、もう一度宿舎にもどった。

入口わきの談話室に足を踏みいれたとたん、テーブルに積みあげられたフォリオの山に気づいた。興味をおぼえて近づく。一時間前にきたとき、ここにあっただろうか？　開いてみると、技術にまつわる一連の表や図面が目に跳びこんできた。そこに描かれているのは、多重同心円をなす数個の管で構成された物体だ。表紙に〝大量人員輸送のための簡易宇宙船構想〟とある。

「くそ……！」思わず悪態をついた。

＊

アイアンサイドは数歩遅れて宿舎にはいってくると、

「できれば、悪態をつく癖をやめさせたいところですな」と、辛辣にいった。「どうしたんです？」

「こいつのせいだ！」ブルはてのひらにフォリオをたたきつける。

神父は近づくと、フォリオをまじまじと観察。

「わたしにはタイトル以外まったく理解できませんが。だれが描いた設計図ですか？　ご自身で？」

ブルはかぶりを振り、考えこむように設計図を見つめた。

「いや、わたしではない。ここ数時間で不審者を見かけなかったか？」

「不審者どころか、人っ子ひとりいませんよ」と、アイアンサイドは否定した。「部外者がここに置いていったとでも？」

「そうだ。それがだれなのか知りたい」

「おそらく、名乗りでてくるでしょう。そもそも、これは……なんです？ 〝簡易宇宙船〟と書いてありますが」

「大規模な避難に適した、もっとも単純な構造の船だ」

「これが？」と、神父はいぶかしげに、「ただのパイプが入れ子になったようにしか見えませんが」

「いかにも。それぞれのパイプがデッキをつくるのだ。積載容量に関しては、この手のタイプのほうがギャラクシス級戦艦より数段すぐれている。デザインを見ろ！ シリンダー型の船体は直径八百メートル、全長三キロメートル。そのなかにはぜんぶで……えぇと……さらにシリンダーが四十、同心円状となって設置されている。もっとも内側のものは直径ほぼ百メートル、次は百二十メートルほど。このようなぐあいで外殻までつづく。このシリンダー、つまり〝パイプ〟の内部がデッキにあたるわけだ。それでいくと、デッキの総面積は百六十平方キロメートル。つまり、われわれがいま建造中の宇宙船の四倍にもなるのだ。計算によれば、一隻あたり八百万人から一千万人を収容できるぞ！」

ブルは一気にしゃべった。感激しているようだ。アイアンサイドは数字の羅列に圧倒されて、それどころではない。

「で、うしろのほうに描かれた玉葱はなんです？」

神父がいうのは、図面の一枚に見られる円錐型の構造物だ。本体後部に直結しており、最大直径は二百メートル。全長も同じくらいである。

レジナルド・ブルはフォリオの説明書きを読んだ。

「人工重力フィールド・ジェネレーターとエンジン部らしい。それも、荷電した粒子を放射する従来型エンジンだ！」

「時代遅れじゃありませんか？」アイアンサイドは乏しい知識を総動員した。「星系間航行には向かないでしょう。何年もかかってしまう」

「そうではない！」と、ブル。「エンジン出力は五十Gに設計されている。つまり、一週間以内に光速に近づくということ。そうなれば、地球上および惑星カルテス上の時計と比較し、船内時計はとまったも同然。これが〝時間の遅れ〟だ。わかるか？」

「ええ……アインシュタインの相対性なんとかですね？」

「そのとおり。減速にも同じく一週間ほどかかるだろう。つまり、ここからカルテスまで、長く見積もっても二週間半から三週間で行けるということ。とはいえ、このタイプの船は惑星に着陸できないから、宇宙空間で積み降ろし作業をする必要があり、それにかなりの時間がかかる。それでも、この設計図は非常にすぐれたもの」ブルはふたたび手でフォリオをたたき、「じつは、わたしも同様の構想を持っていた！」

「なぜ、提案しなかったので？」

「われわれ、政府計画の技術的領域にいっさい干渉しないと決めたではないか。それに、このタイプの避難船がいかにすぐれていても、カサルはそうかんたんに納得しなかったはず。地球上に現存する工廠でこれをつくるには、大幅な改修が必要だから。政府がどれほど急いでいたか、おぼえているだろう？」

ふたりとも、考えこむようにフォリオを見つめた。すでにあたりは暗い。開いたままの入口のドアから、夕闇につつまれた外の景色がうかがえる。

「この設計図をだれがここに置いていったのか、わかればいいのだが」と、レジナルド・ブル。

そのとき、背後から低い声がした。

「わたしです！」

アイアンサイドとブルは驚いて振り返った。入口に長身の痩せた男が立っている。憂いを帯びた黒い目でこちらを見つめ、男はいった。

「名前はラファエル」

＊

「ラファエル……？」と、神父が聞きかえす。

「どこからきたのだ？」ブリーがぶっきらぼうにたずねた。「なぜ、このあたりをうろついている？」

男は気を悪くしたようすもなく、

「実際にお会いする前に、設計図を評価していただきたかったので」

ふつうならレジナルド・ブルはこの謙虚な言葉に好感を持っただろう。だが、目の前の見知らぬ男に対しては、本能的な不信感を拭《ぬぐ》いきれない。

「わたしのデザインはいかがでした？」男は慎重にたずねた。

「すばらしい」と、ブル。「どこで入手した？」

ラファエルは悠然と答えた。

「自分で考えました」

「きみは専門家なのか？」

「教育はうけましたが、まだ実践不足です」

ブルは男を観察。免疫保持者かどうかはわからない。質問に冷静に応じているところを見ると、アフィリカーか。免疫保持者ならば、皮肉のひとつもいうだろう。確信はないが。

「なぜ、図面をわたしの目につくところに置いた？」

「技術関連の責任者だとお見うけしたので」と、ラファエル。「面倒なギャラクシス級戦艦の建造はあきらめ、ただちにわたしの設計図を採用すべきです。とりわけ、あのような大災害が起きたいまとなっては」

「工廠をよく観察しているようだな？」と、レジナルド・ブルが鋭くたずねた。

「必要なかぎりは」と、男は答える。それ以上、この話題に触れたくないらしい。

「シリンダー型宇宙船を建造するには、工廠設備を改修しなくてはならない。わかるはずだが？」と、ブル。

「〝北のタイガー・リリー〟ならば、その必要はありません」ラファエルが応じた。

レジナルド・ブルは驚いて、

「〝北のタイガー・リリー〟……」と、くりかえした。一瞬にして記憶がよみがえる。

「ばかな。千百年ほど前に閉鎖された工廠だ！」

「そのとおり。ですが、シリンダー型宇宙船の生産に特化されています」

「とはいえ、もうマシンは一基も動かないはず。考えてもみろ。千百年だぞ！」

ラファエルはかぶりを振り、

「問題ありません」と、主張。「実際、この目で見てきましたから」

「話にならんな」ブルがうなった。「ここターフォン工廠をふたたび操業させるのにも、かなり手間がかかった。ほんの数年、沈黙していただけなのに。まして、〝北のタイガー・リリー〟にいたってはどうなることか！」

「工廠を見れば、わたしの話が真実だとわかります」と、ラファエル。

男の頑固さに、ブルはいらだちをおぼえる。

「きみは何者だ？」と、無遠慮にたずねた。「なぜ、このいまいましい設計図をわたしに見せようと思った？　相手の素性を徹底的に調べもせずに提案をうけいれるほど、おろかではないぞ！」

突然、ラファエルは態度を変えた。ついさきほどまで謙虚でつつしみ深かった男は、いま胸をはり、ひとまわり大きくなったように見える。きびしい口調で、

「この惑星では二百億人が救出を待っている。なのに、ギャラクシス級避難船団の建造計画はすでに数週間も遅れています！　わたしの素性に関する個人的好奇心を満たすために、全人類をこれ以上待たせるのですか？　何様のつもりで？」

アイアンサイドがブルに近づく。友が怒りを爆発させて争いになったら、すぐに援護しようと思ったのだ。ところが、細胞活性装置保持者は冷静そのもの。しばらく床に視線を落としていたが、やがて顔をあげると、ほほえみながら、

「たしかに、きみのいうとおりだ」と、おだやかな声でいった。「それでも、素性は調

べさせてもらう。わたしの健全な好奇心がそうしろというのでね。だからといって、そのあいだ座して待つ気はない。政府が許可すれば、〝北のタイガー・リリー〟を視察に行くつもりだ」

「政府は許可します」ラファエルが余裕たっぷりにいう。

ブルとアイアンサイドは耳を疑った。

「なぜ、それほどまでに自信があるのだ？」

「すでに、トレヴォル・カサルにも設計図を送ってあります……二十ページにおよぶ計算根拠とコメントつきで。〝理性の光〟はまちがいなく、この船が現行のものよりはるかにすぐれていると判断するはず。生粋《きっすい》の論理学者ですから、数字を見れば納得するでしょう」

レジナルド・ブルはにやりと笑い、

「つまり、ここでわたしがきみの話に耳をかたむけなかったら、明朝にカサルからけしかけられたと？」と、からかうようにたずねる。

「その可能性も考えていました」と、ラファエルが認めた。

＊

すべてが自動的に進んでいく。テラニア・シティでは、トレヴォル・カサルがみずから決定を下したようだ。避難船のタイプが当初に計画されていたものから、ラファエルの設計図によるシリンダー型宇宙船に変更された。首都の専門家たちは驚くほど迅速に動く。独裁者はラファエルのアイデアをもとに、船の規模を拡大するつもりでいるのだ。計算によれば、直径八百メートル・全長三キロメートルの宇宙船を造るのも、直径五キロメートル・全長二十キロメートルの宇宙船を造るのも、大差はないから。また、各デッキの高さも八メートルに縮小。

それにより、次の数値がはじきだされた。もっとも内側のデッキ、つまり直径百メートル、全長二十キロメートルの〝パイプ〟の表面積は六平方キロメートル強。もっとも外側にあたるデッキは直径五キロメートル、全長が同じく二十キロメートルとなり、表面積は三百十四平方キロメートル。このあいだに三百五のデッキが存在し、ひとつ外側にいくにつれて一平方キロメートルずつ表面積が増える。つまり、平均して百五十四平方キロメートルの表面積を持つデッキがぜんぶで三百七階層となり、総有効面積は四万七千平方キロメートルをこす。乗客ひとりにつき二十平方メートルとして計算すると、一隻あたり二十三億五千万人という莫大な人数を運べるのだ。全人類の避難にはこのタイプの船が十隻あれば充分である。

カサルの計画に対し、説得力のある反対意見はほとんど出なかった。ターフォンやアタカマのような事故が勃発した場合、一隻あたりの人的損害が二百万から二十億へと大幅に増加する……レジナルド・ブルはそういって反論したのだが、効果はない。

ブルとアイアンサイドは、側近数名とラファエルをともない、〝北のタイガー・リリー〟に向かった。北メキシコ高地にある古い工廠で、コアウイラ州ラス・モレナスという無人の町から南に数キロメートルのところに位置する。

工廠の敷地を最初に見た時点で、ブルは驚いた。まるで、きのうまで操業されていたような感じだ。古めかしい機械塔が恒星の光を浴びて輝いている。千百年以上前に建設された巨大な成型フィールド・ジェネレーターだ。地面は熱を反射するライトグレイのコンクリートで舗装され、清掃ロボットが作業を終えたばかりのように見える。敷地のすみにある宿舎も清潔にたもたれていた。〝北のタイガー・リリー〟は閉鎖直後、初期のテラ宇宙航行技術の記念碑として整備されたのである。ブルはそれを思い出したが、これほど完璧な状態にあるとは予想していなかった。

一行は宿舎に向かった。側近たちはレジナルド・ブルのすぐ近くに部屋をとったが、ラファエルはすこしはなれたところに腰をおちつける。だれとも親しくなろうとしないことは、上海からの道のりですでに明らかになっていた。

その日のうちに、〝信仰の論理〟モンテレー支部のメンバー八百名が貨物グライダーで到着。宿舎にそれぞれ部屋をとった。工廠の供給システムは百五十キロメートルはなれたマタモロスから物資を調達する。千名ぶん近い夕食が問題なく提供され、初のテストはみごとにパスといったところ。

翌日はポジトロニクスとエレクトロン・システムによるプロセス制御をテストすることになっていた。その結果いかんに、〝北のタイガー・リリー〟の運転再開がかかっている。

＊

テストには終日を費やした。この日、トレヴォル・カサルははじめてアイアンサイドとレジナルド・ブルにコンタクトする必要があると判断。インペリウム＝アルファの執務室からラジオカムでふたりを呼びだす。独裁者はブルの宿舎に設置された大スクリーンの映像を通じ、避難計画の成功に全力をかたむけるよう要請した。

「これに関して、ラファエルの設計図が非常に役だつと思われる」と、締めくくる。

「われわれの計画だと、効率的な避難はむずかしかったから」

ブルはひそかに異議を唱えた。〝われわれの計画〟というが、政府の原案に対する共同責任を負わせられてはたまらない。しかし、アフィリカーとそれについて議論してもむだなこと。しかたなく、その点には触れずにたずねた。

「ラファエルについてなにかわかったか？　なんといっても不可解な男だからな」

「かれの不可解さについて考える必要はまったくない」と、カサルが応じた。「重要なのは提案の中身であり、それがすぐれていることだ。このさい、ラファエルの出自はどうでもいい」

ブルはしぶしぶうなずいた。予想どおりの答えだ。

「論理がきみにそう告げたのだな」と、皮肉をこめる。

「いかにも。論理がそう告げたのだ！」案の定、皮肉も通じない。

レジナルド・ブルは立ちあがり、

「だが、あわれな〝感情ばか〟はこの点に関し、すこし違った意見を持つ。われわれ、予感というものにも価値を置くのだ。きみには理解できないだろうがね。避難計画を推進するためなら、ラファエルと協力してもいいと思っているが……信用できると確信が持てたらの話だ！」

ここで、交信を終えた。

〝北のタイガー・リリー〟は古い工廠だから、ターフォンのような現代的施設なら当然そなわっている生産設備がいくつか欠けている。そのため、プロセス制御システムの点検項目がすくなく、テストの負担は軽減された。一方、製造工程自体は複雑になる。この工廠が最盛期にあったころ、軽い原子から核融合により資材を生成する技術はまだ知られていなかった。つまり、隣接地域に〝鉱山〟がないのだ。したがって、原料の鉄プラズマをほかの場所から調達しなければならない。大規模プロジェクトなので、必要な原料もかなりの量である。これに、現在操業中の八十工廠の〝鉱山〟が充当されることになった。そうなると、ほかの工廠は生産を中止せざるをえない。この時点で原案設計図による宇宙船が百八隻ほど完成しており、二億一千六百万人を収容可能。これは全人類の一パーセントにあたる。のこり九十九パーセントの運命が、ラファエル設計の巨船にかかっているのだ。

工廠のすみにあるちいさな建物のひとつが計算センターである。巨大な中央ポジトロニクス本体は敷地の中央に位置する地下施設にあり、地上の計算センター内には、多数の端末装置、データ・ステーション、プリンター、スクリーンといった機器類が設置された。この日の夕方、レジナルド・ブルはシルヴィア・デミスターとセルジオ・パーセラーとともに、数時間にわたり計算センターにつめた。プロセス制御システムのテスト結果を確認するためである。結果はすべてポジティヴ。つまり、〝北のタイガー・リリー〟はただちに宇宙船の製造に着手できる状態ということ。

レジナルド・ブルは考えをめぐらせた。ちょうど真夜中をすぎ、仲間と別れてひとり敷地のすみにある宿舎に向かうところだ。あたりはひっそりとしずまりかえっている。メキシコ高地のひんやりとした涼しさを感じる時間帯だ。雲ひとつない夜空に、恒星メダイロンの反射をうけてオレンジ・イエローに輝く月が浮かぶ。そのすぐそばで、光の絨毯のような〝星の橋〟を貫き、〝喉〟の深淵が大口を開けていた。ときおり、色とりどりの閃光がひらめく。

突然、目の前に背の高い影があらわれた。アイアンサイドだ。

「あなたがくるのが見えたもので」と、神父。「なにか気になることでも？　顔を見ればすぐわかります。長いつきあいですから」

レジナルド・ブルは力なくほほえみ、

「これほど暗いのに、きみの目のよさには感服するな」と、応じた。

「おそらく、視力の問題ばかりではないでしょう。それはさておき、なにか気がかりなのですね？」

「工廠があまりにうまく動きすぎる」と、率直に答えた。「実際、考えられない。千百年ものあいだ閉鎖されていたのに、これほど完全な状態にあるとは」

神父は考えこみ、

「たしかに奇妙ですが」と、認めた。「なぜ、それが気にかかるので？」

「説明がつかないことはすべてひっかかるのだ。それに、まだほかにもある」

「ほかにも……ですか？」

「きみも知っているだろう？　鉄プラズマからどうやってテルコニットを生成するか」

アイアンサイドは角ばった頭を揺すり、

「知っているといえるかどうか。原則的には……」

「説明しよう」と、ブルがさえぎった。「ふたつの方法がある。鉄プラズマを冷却し、まず中間物質……メタ・テルコンを生成するのが昔ながらのやり方だ。そのあと、メタ・テルコンに集中的な粒子照射をくわえ、本来のテルコニットに変化させる」

「そうでした。聞いたことがあります」と、神父。

「新しい方法は、発明した冶金学者にちなんで〝サジド法〟と呼ばれる」と、ブルは講義口調でつづけた。「冷却したプラズマに触媒を射出し、その効果でプラズマから直接にテルコニットが生成されるのだ。中間段階のメタ・テルコンを形成することなく」

「ここではどちらの方法が使われるのです？」

「サジド法だ」

「好都合じゃありませんか」と、アイアンサイド。「プロセスが大幅に省略できるでしょう……どこか、間違っていますかな？」

「好都合すぎる！」ブルは噛みつくように、「〝北のタイガー・リリー〟が閉鎖されたのは二十五世紀末ごろ。ところが、サジドが新しい生成法を発明したのは、それから四百年後のことなのだ！」

5

一週間が経過した。

〝北のタイガー・リリー〟での生産がはじまった。貨物グライダーが絶え間なく列をなし、鉄プラズマ数百万トンを工廠に降ろしていく。高温に熱せられた原料は磁性容器から直接サジド・コンヴァーターに流しこまれ、テルコニットが生成される。次にテルコニットが成型フィールドに流しこまれ、そこでラファエル設計の巨船を構成するセグメントに変化するのだ。

〝信仰の論理〟は一週間以上にわたり、謎の人物ラファエルの身元を調査。しかし、わずかな成果さえあげられなかった。だれもラファエルを知らない。面識がある者も、素性を知る者もいない。アイアンサイド神父は〝非人間〟と表現したが、たしかに人間ばなれしているのだ。

つい最近になって、存在しはじめたように思える。

〝北のタイガー・リリー〟にサジド・コンヴァーターが存在する理由については、もっともらしい説明が見つかった。トレヴォル・カサルはこの矛盾をレジナルド・ブルから指摘され、記録装置を調査。答えが見つからないとわかると、月のハイパー・インポトロニクスにあたった。ネーサンの答えによれば、〝北のタイガー・リリー〟が二十五世紀末ごろ閉鎖されたのは事実だが、第二次遺伝子危機の混乱のさなかに運転を再開、そのさいサジド・コンヴァーターを設置したという。

これで問題は解決したわけだが、ただ一点、疑問がのこる。工廠の運転再開もサジド・コンヴァーターの設置も、ブル自身の記憶にないのだ。とはいえ、当然といえば当然だが。第二次遺伝子危機の大変な時代に、多忙な国家元帥が一工廠の些事までおぼえているはずはない。

だが、それでも神父はブルが不安を拭いきれずにいると感じ、ある晩遅くに問いただしてみた。

「まったく鋭いな、きみは」細胞活性装置保持者が応じる。「そのとおり。もっとも、いま気にかかるのはサジド・コンヴァーターの件ではない」

「と、いいますと？」

「全体の構図についてだが……」と、ブリーがためらいながら、「いいか。ここにふたつのグループがある。これまでは敵同士だったが、苦境に立たされたいま、協力を余儀なくされている。そう、アフィリカーとわれわれのこと。ここまでの状況は明白だ。ところが、突然、第三のグループがゲームに介入した。まず、錠剤の件がある。だれがどのような目的で製造し、売りさばいているのか？　次に、ラファエルだ。その素性をだれも知らない。最後に、〝北のタイガー・リリー〟だ。二十五世紀末ごろ閉鎖されたはずの工廠が、三十六世紀末になんの問題もなく運転を再開した。しかも、閉鎖された当時は存在さえしなかった装置を完備して」

ブルはそこで口をつぐみ、アイアンサイドを見つめた。自分の懸念を相手が真剣にとらえているか、確認するように。やがて、先をつづける。

「これらすべてに不安を感じる。不可解な未知のグループがゲームに介入している気がしてならない。連中の目的がつかめないのだ」

アイアンサイドは慎重にうなずき、

「わかります」と、いった。「わたしも何度か同じように考えました。この第三グループとは何者だと思いますか？」

レジナルド・ブルは肩をすくめ、

「わからんな。もしも、この地球上で第三グループの編成が可能かと二カ月前に聞かれていたら、自信を持ってノーと答えただろう。実際、その連中がどこからきたのか見当もつかない」

ふたりは屋外にいた。レジナルド・ブルが宿舎にもどる途中、アイアンサイドが話しかけてきたのだ。話しながら、ゆっくりと宿舎に向かった。恒星は沈み、むらさき色をした夕方の光の帯が西の地平線に消えていく。突然、ブリーは立ちどまり、あたりを見まわした。切迫した足音とともに、華奢《きゃしゃ》なシルエットが暗闇の中から近づいてくる。

「シルヴィアか？」と、驚いてたずねた。

「はい、そうです！」ほとんど息を切らしている。「たったいま、見たんです……ラファエルが中央ポジトロニクスにつづくトンネルにはいっていくのを！」

整備ロボット以外が中央ポジトロニクスに接近することは禁じられている。ロボット・チームがいればマシンは自立可能で、人間の手がなくても職務を遂行できる。したがって、何者も中央ポジトロニクスに近づく権限を持たないのだ。ラファエルも例外ではない。

「アイアンサイド……？」と、神父に声をかける。

「わかっていますとも」

「第二トンネルに向かってくれ！出口を見張るのだ……やつを逃がさんように！」

＊

中央ポジトロニクスに接近するには二経路、つまりトンネルがふたつある。それぞれ敷地のすみに入口があり、四十メートル地下に位置する円形の部屋までつながっていた。

その部屋にポジトロニクスが設置されている。入口のひとつは東に、もうひとつは西に位置する。

レジナルド・ブルとシルヴィアはラファエルと同じ経路をたどるため、東側の入口に向かった。道すがらシルヴィアからうけた報告では、男は足早にトンネルに近づいたという。気おくれしたようすはまったくなかったとか。

「一度も振りむかなかったのです」と、シルヴィア。「そのまま、なかにはいりました」

トンネル入口には監視装置がなく、扉には鍵もかかっていない。照明はほのかに赤く輝くランプだけ。かなりの間隔をおいて設置され、薄暗い光を投げかけている。整備ロボットの光学センサーにとっては充分かもしれないが、人間がこの薄明かりのなかで方向を確認するのはむずかしい。

入口で立ちどまり、耳をすましてみた。ポジトロニクスの空調設備から聞こえる単調な機械音のほかは、なにも聞こえない。ブルは慎重に先に進む。シルヴィアはぴったりとうしろからついてきた。六百メートルほど進むと、計算機室の入口が見えた。ラファエルの気配は感じられない。ブルの計算によれば、シルヴィアが知らせにきたあいだに、男がふたたびトンネルを出たとは考えられなかった。したがって、この先にいるはずだが、そこには中央ポジトロニクスが設置された円形の部屋があるだけだ。部屋の反対側は西に向かうトンネルにつづく。出口ではアイアンサイド神父が待ち伏せしているはず。

計算機室内は通廊と同じく、不気味な暗さが支配していた。まるくカーブした壁のほぼ四分の三を、ポジトロニクスのさまざまな機器類が占める。のこりは記憶装置に埋めつくされていた。部屋の中央には整備ロボットがならび、ポジトロニクスの指示を微動だにせず待っている。

シルヴィアとブルはあたりを見まわした。ラファエルのシュプールはない。追跡に気づき、反対側のトンネルを通って逃げたのか……そう考えたとたん、二十メートルほど先から足音が聞こえた。思わず、ベルトの武器に手を伸ばす。薄暗がりの向こうから、おだやかな低い声が聞こえてきた。

「あわてないでください！　わたしです！」

「アイアンサイド……きみか？」

「ええ。やつを見つけましたか？」

「いや」

「奇妙なことに、わたしもです。ほかに入口がないのはたしかで？」

「まちがいない」と、ブルは応じ、すぐにつけくわえる。「ということは……」

「なんです？」

「ここには、ネーサンがいっていたサジド・コンヴァーターが存在しないのもたしかだ」

「そのとおり！　やつを探しましょう」

ブルが応じるより早く、東側のトンネル入口付近にいるシルヴィアが叫び声をあげた。

振りかえった瞬間、目に跳びこんできた光景に血が凍りつく。

計算機器類のななめ前に、ラファエルが立っていたのだ。非現実的な薄明かりに赤く照らされたその姿は、この世のものと思えないほど不気味に見える。

「わたしをお探しで？」と、おだやかな声がした。

＊

「いったい……どこからきたのだ？」ブルがたずねる。

「ずっと、このあたりにいましたが」と、ラファエル。「照明がこれほど暗くなければ、おそらくすぐに気がつかれたでしょう」

「ここでなにをしている？」

「ポジトロニクスに興味があるのです。千年以上前の代物《しろもの》を見る機会など、いまはめったにありませんから」

「ここはきみのくるべきところではない。わかっているはずだ！」ブルがどなりつける。

「あなたもでしょう」と、ラファエルが抗議した。「ここは、だれにとっても立ち入り禁止区域ですから」

レジナルド・ブルは挑発されると氷のように冷静になる。それが不死者を危険な男にするのだ。

「少々やりすぎたようだな」と、ラファエルに向かい、「この工廠の指揮権はわたしにあり、ここは立ち入り禁止区域だ。つまり、きみはわたしに釈明しなければならない。ついでにすこし説明してもらおうか。きみが何者で、どこからきたのか」

相手は表情をまったく変えずに、

「わたしを非難するのでしたら、釈明します」と、応じた。「立ち入り禁止のおもな理由は、ポジトロニクスを素人《しろうと》の操作から保護するためでしょう。その点、わたしは素人でも、マシンを操作したわけでもない。それでも非難する権利があるというのなら、教えてください。いくらでもお答えしますから！」

ラファエルはそういって背を向けると、東側のトンネルに向かう。そのうしろ姿がほのかな光につつまれて見えなくなるまで、レジナルド・ブルはじっと見送った。自分自身に対して怒りがおさまらない。あの無礼な男をさっさと行かせてしまったのだから。足止めしたところで、さらに嘲笑をうけるだけだっただろうが。

「奇妙な男だ」と、アイアンサイド神父が口を開いた。

ブルはシルヴィアに向かい、

「ラファエルはどこからあらわれたのだ？」と、たずねた。

シルヴィアはとほうにくれた顔で、

「わかりません。近づいてくるのに気づかなかっただけかもしれませんが……まるで、突然に出現したようでした。虚無から実体化したみたいに」

「ミュータントか？」と、アイアンサイド。

ブルは否定しようとしたが、口を開く前に、奇妙なことが起きた。トンネルからラファエルの声が聞こえてくる！

力強く大きな声だ。まるで、まだ近くにいるように。

「わたしはあなたたちの敵ではない！」

*

この怪しげな出来ごと以降、レジナルド・ブルは計算機室に見張りをつけた。歩哨の配置は、アイアンサイド神父の副官だったジュピエ・テルマアルとアーチャー・プラクスに一任。ふたりはアフィリー化がはじまる前に、ポジトロニクス技術者としての教育をうけたそうだ。また、最近は〝信仰の論理〟での任務で、その知識をさらに深める機会があった。ブルが用意した役目にうってつけである。

歩哨の任務は、簡易式の走査機を携帯し、ポジトロニクスの異常を探知・記録すること。ラファエルに対するレジナルド・ブルの疑惑が晴れないのだ。弁明とは裏腹に、なにかたくらんで操作したのではないか。

歩哨はまず最初に、外部装置をふくむすべての記憶装置の内容が規定どおりかどうかを確認。さらに、権限を持たない者が計算機室に立ちいるのを防いだ。必要とあれば武力行使も厭わない。もっとも、権限を持たないのは、歩哨自身とレジナルド・ブルとアイアンサイドをのぞいた全員なのだが。

記憶装置の内容を調べるのは困難をきわめた。ポジトロニクス整備の範疇に予定されていない作業だったから。まず、作業に適したプログラミングを作成するところからはじめなければならなかった。そのあいだにも、〝北のタイガー・リリー〟はフル回転で操業を開始。貨物グライダーが次から次へと到着し、鉄プラズマを満たした大容量の磁性容器を降ろしていく。巨大な成型フィールドで巨船のデッキが製造される。中央ポジトロニクスはいまのところ順調に動いていた。これではラファエルが細工をほどこしたかどうか、わからない。

謎の男は行動をひかえ、一日じゅう自室から出てこないこともあった。一方で、ラファエルが工廠の敷地を出て荒野をうろついているのを見た、という目撃情報がよせられる。そこでレジナルド・ブルは、セルジオ・パーセラー指揮下の数名に命じ、ラファエルの部屋を継続的に見張らせた。だが、出入りをチェックさせても、たいした収穫はない。

あるとき、ラファエルが日の出の数時間前に工廠を出たのが確認された。ところが、追跡者はすぐにシュプールを見失ってしまう。さらに、そのあと宿舎の周囲に二時間交替で見張りを立たせたにもかかわらず、いつのまにかラファエルは部屋にいた。もどってきたところはだれも見ていないのに、正午近く、ふたたび部屋で目撃されたのである。レジナルド・ブルはこの不可解な報告を聞き、見張りの無能さを責めた。セルジオ・パーセラーのほうは、部下に落ち度はないといいはる。本来ならば、この件は慎重に調査すべきたぐいのもの。だが、国家元帥とその側近にとり、もっと重要な問題が起きたのである。

はじまりはある日の午後。ブルの部屋にジュピエ・テルマアルが跳びこんできた。トンネルを出てずっと走ってきたのだろう、ひどく喘いでいる。この小柄で太った男は年齢不詳。スラム街に長いこと住んでいたため健康を害したらしく、肥満のからだはむくんで見える。頬には青筋が浮きでていた。第一印象ではとても重大な任務をまかせられそうにない。つねに興奮しているような金切り声だ。

「これを……最新のダンプです！」そういって、大量のフォリオを執務デスクの上に置く。

記憶装置の内容をディスプレイやフォリオに出力した、いわゆるダンプである。レジナルド・ブルはフォリオを点検し、手書きで印がつけられた個所に目をとめた。

「これはなんだ？」

「こっちが知りたいぐらいですよ！」と、アフィリカーが甲高い声で応じる。「そこは本来、プログラミングの規定によれば空き領域なのです。つまり、なにもあってはならない個所ということ。なのに、未知の文字コードが見つかりまして」

「未知とは……？」

「見たこともないコードです」と、ジュピエが説明をくわえる。「おそらく、十二ビット・コードでさえない。表示されたビット数は十二で割り切れませんから」

「ここは重要な記憶領域なのか？」

「いまのところ問題ありません」と、アフィリカーは応じた。「現在、船のシリンダー部は工廠で生成しています。しかし、〝パイプ〟の直径が一キロメートル以上になれば、地上ではデッキの一部である壁セグメントだけをつくり、それを宇宙で〝パイプ〟に組みこんで完成させます。その段階になると、記憶装置に壁の曲率半径やそのほかのパラメータがいくつか保存されるのです」

「この領域にか？」と、テルマアルが応じた。

それならなんの害もない、と、レジナルド・ブルは考えた。生産プログラミングによって計算された壁セグメントのパラメータは、外部記憶装置に保存される。そのさい、もとからあったコードは上書きされるため、それ以降に未知コードが危害をもたらすことはない。ただし、それ以前にコードが読みこまれていれば話はべつだ。ポジトロニクスがプログラミングどおりに作動しているかぎり、ありえないはずだが……

「消去するのだ！」ブルは命じた。「記憶装置のこの領域にデータがあってはならない。そのあと、ダンプを分析して正体をつきとめてくれ」

「もちろん」と、ジュピエ・テルマアルが応じる。「プログラミングに関する記憶装置を調査して、確認しますよ……前にこの領域にアクセスされた形跡があるかどうか」

レジナルド・ブルは相手を認めるようにうなずいた。同じことを考えていたのだ。

「いい考えだ」と、応じ、「なにか見つけたら、すぐに知らせてくれ」

アフィリカーは足をひきずるように出ていった。その後、疑わしいダンプを分析してみたが、なにも出てこなかったという。

それからまもなく、人々を震撼させる事件が起きたのである。人類の存続を賭けたゲームに未知の第三グループが介入しているという、レジナルド・ブルの推測を裏づけるような事件が。

*

〃北のタイガー・リリー〃に、夜が訪れた。その晩、これまでに完成した避難船のエンジン・テストが決行された。政府原案にもとづき、地球の静止軌道上で建造された百八隻のギャラクシス級である。技術的には、すべてのエンジンを同時にテストしなければならない理由はない。通常であれば、一隻ごとにテストしただろう。だが、トレヴォル・カサルにとり重要なのは、政府計画が実現に向かって順調に進んでいると市民にしめすこと。そのため、地球上もっとも人口の多い北アメリカが夜になる時間帯に、テストの決定的瞬間がくるよう設定したのだ。夜になれば、粒子エンジンの炎が肉眼でもはっきり見える。ようやくパニックを克服しはじめた人々に、大規模な避難計画の成果をしめす絶好の機会である。

〃ジョー〃はテラ標準時で十四時にはじまった。メキシコ高原では午前三時にあたる。〃北のタイガー・リリー〃の敷地には六百名をこす男女の姿があった。いつもならこの時間は就寝しているか、翌日の準備をしているところだが、今夜はだれもが首を伸ばして夜空を仰いだ。そこには避難船団の連なりがくっきりと見える。そのあいだも、工廠での生産は休まずに進められていた。作業中の二百名は勤務の合間に上空を仰ぎ見る。

そのとき、どよめきが起こった。避難船のオレンジ・イエローの光点が、突然、膨張しはじめたのだ。青白い炎につつまれ、数倍も大きくなったように見える。

テストではすべての赤道環が点火され、荷電粒子がノズルから全方向に同出力で放出される。したがって駆動力はないが、エンジン燃焼によりエネルギーが放射され、球型船を圧縮する力が働くのだ。この効果を消すために、反重力ジェネレーターが作動している。

まず、レジナルド・ブルが異変に気づいた。経験豊かな目は些細な変化も見逃さない。ちいさな明滅があり、船体をつつむ炎の壁がほんのわずかに変色している。光点が動きはじめた。ブルは驚きに息をのんで見つめる。はじめはどう動くのかわからなかったが、やがて、それぞれの光点間の距離が一時的に増加。

そこでようやく、上空での異変に周囲の見物人も気づいた。はじめは〝ジョー〟の一部だと勘違いしているようだったが、しだいにざわめきが大きくなった。それぞれ上空に向かって腕を伸ばし、光点の動きを指で追いはじめる。赤道環の三分の一しかエンジンが点火されていないことにレジナルド・ブルは気づいた。船が動きはじめたのはそのせいだ。だが、なぜ……？

「なにが起きたので？」背後で低い声がする。

「悪魔しか知らない！」と、ブル。

「そうですね。たしかに、悪魔なら知っているはず。やつのしわざにちがいない」

振り返ると、肩幅のひろいアイアンサイドの姿があった。

「カサルと連絡をとってくれ。なにが起きているのか、知りたいのだ！」

「ここを動かないほうがいいでしょう。目撃者になるのです！」神父は鋭くいうと、なにかをさししめすように、角ばった顎を右に、それから左に向けた。

さらに増えた光点が地平線の向こうに上昇してくる。これまで見えなかった宇宙船も動きだしていた。太平洋で、大西洋で、ヨーロッパで、アジアで……これで明らかになった。百八隻すべてが、ある一点に向かっている！

恐ろしい考えがレジナルド・ブルの脳裏をよぎった。踵を返し、もよりのラジオカムに駆けよろうとする。いまわしい予想があたっているか、たしかめるために。その瞬間、目の前の光景に立ちつくした。

人々が騒ぎはじめる。本能的に、異常と危険の匂いを嗅ぎつけたのだ。

百隻をこす宇宙船が一点に集中していく……ひろげた扇の線をたどり、要《かなめ》に接近するように。強力なエンジンによって加速され、船間の距離が徐々に縮まる。不死者の予想した悲惨な光景がしだいに現実味を帯びていく。

ブルは最後の瞬間まで耐えた。まばたきもせず、破滅へと突進する船団に視線をそそぐ。衝突が予想されるポイントに到達してはじめて、目を閉じた。

瞼《まぶた》を閉じていても、核爆発の燃えさかる炎が目を襲う。頭上の夜空はたちまち燃えあがり、星々は消滅。〝喉〟のぎらぎらした閃光でさえ、青白く燃える球体の前にかすんで見える。そこにはつい先ほどまで、巨船百八隻の姿があったのに。

すべてが不気味なほどしずかに進んだ。上空で怒り狂う炎からは巨大なエネルギー量が想像できるが、地上にはなんの音もとどかない。人々は驚愕し、恐ろしさのあまり目を伏せた。周囲は真昼の明るさで、まるで新しい恒星が誕生したかのようだ。まばゆい光に満ちた恐怖があたりにひろがる。

数分がすぎ、炎の球体が崩れはじめた。光が弱まり、徐々に変色していく。一時間後には、縁のゆがんだ赤く燃える染みと化した。

レジナルド・ブルはそのとき、とっくに見物人の輪をぬけだしていた。

6

トレヴォル・カサルはいつものように無表情のままである。

「わたしにも説明はできない」と、大スクリーンから声が聞こえた。

レジナルド・ブルは激怒と絶望にまかせて、

「なにか知っているだろう！」と、独裁者をどなりつける。「船は無人だったのか？」

「そうだ」

「中央ポジトロニクスによる自動操縦か？」

「自動操縦ではない。中央ポジトロニクスが関わったのは、エンジン・テストに必要な範囲のみ」

「だが、実際に船は直線コースをたどったのだぞ」と、レジナルド・ブルが声を荒らげる。「つまり、自動操縦の制御下にあったということ」

「それはわれわれにもよくわかっている」トレヴォル・カサルは動じずに、「いまのところ、自動操縦装置の作動原因は不明だ。とはいえ、調査は進めている。避難船団のそばに配置された計測ロボットが一部始終を記録したはず。そのデータを分析する必要がある」

どうしようもない怒りにかられるが、こちらの負けだ。冷静なアフィリカーに対し、このような状況でわめいたところで、なんの役にもたたない。細胞活性装置保持者はおちつきをとりもどそうとつとめ、

「調査がすんだら知らせてくれ」と、告げた。「可及的すみやかに」

「そのつもりだ」と、カサル。「分析結果について、あなたの意見を聞かせてもらいたいから」

独裁者はそういうと、通信を切った。レジナルド・ブルは宿舎を出る。外はふたたび夜の暗さをとりもどしていた。見物人は徐々に減っていく。ちいさな集団が近づいてきた。アイアンサイド、シルヴィア、セルジオ、サンタレム医師だ。

「連中もなにも知らないらしい」と、聞かれる前に告げた。「もっとも、カサルがこの件に関与しているはずもないが」

「でも、ほかにだれが……？」シルヴィアがとほうにくれたようすでつぶやいた。

「強力なやつだ」と、暗い声でブルは応じる。「こちらの秘密を知っている、強力な敵……われわれを好きにもてあそぶ怪物にちがいない」

＊

トレヴォル・カサルは分析結果をとどけさせるため、副官ヘイリン・クラットを派遣した。クラットはアイアンサイドとブルが本拠地をメキシコにうつしたさい、アフィリカー一行の代表として上海にのこっていた。一時的に代表の職を解かれ、みずから〝北のタイガー・リリー〟にデータを持参する。

レジナルド・ブルは副官を宿舎で迎えた。側近数人も集まっている。ヘイリン・クラットが持参したデータはマイクロ・リールに記録されており、どの機器でも再生可能だ。

「かいつまんで説明してもらいたい」と、ブルがアフィリカーに向かって告げた。「詳細についてはあとで確認するから」

「粒子エンジンが点火した直後、宇宙船の近くで交信が確認された」と、クラット。

「〝交信〟だと？」ブルが唖然としてくりかえした。「双方向性の通信ということか？」

「それはまだわからない。ともかく、船の外部に一連の発信源が存在した。船からも発信した形跡があるが、相手が外部の発信源か、あるいはほかの避難船かは不明だ」

「通信内容は解読できたのか？」と、レジナルド・ブル。

「いや。まったく未知の十ビット・コードだった」

ブルはテーブルの末席にすわるジュピエ・テルマアルに視線をうつした。

「ジュピエ、例のコードは何ビットだ？」

すぐにぴんときたジュピエは、

「さまざまな可能性があります、サー。二ビット、五ビットあるいは十ビット。もっとも考えられるのは十ビットでしょう」

なんの話かたずねたヘイリン・クラットに、ブルが説明。

「つい最近、工廠の中央ポジトロニクスの記憶装置に未知のビット・データが見つかったのだ。それがどこからきたのか、なんであるのかはまだわからない。これまでわかったのはいま聞いたとおりのことだけ。ところで、避難船がうけた通信の発信源は？」

「リレー衛星だ」と、副官が応じた。

「ありえないわ！」思わず、シルヴィア・デミスターが口をはさむ。

「なぜ、ありえない？」と、ブルがたずねた。

「リレー衛星はただ中継するだけで、みずから発信はできません。つまり、たとえ通信がそこから送られたとしても、発信源は衛星そのものでなく、どこか違う場所ということになります」

ブリーの問うような視線をうけ、ヘイリン・クラットは答えた。

「それは違う。その時間帯、リレー衛星が通常のRADAチャンネル以外から通信をうけていないのは明らかだから」

「では、衛星自体が発信したと考えているのか？」ブルが確認するようにたずねた。

「いかにも」と、ヘイリン・クラット。

ブルはテーブルに置いてあるちいさな容器に視線をうつした。トレヴォル・カサルの副官が持参したもので、中身はマイクロ・リールである。

「本日中にデータを確認しよう。ただし、きみにはテラニア・シティに可及的すみやかにもどってもらいたい」と、ブル。クラットがいぶかしげな顔をしたので、つけくわえる。「もうしばらく、上海に行かなくてすむよう指示しておこう。トレヴォル・カサルに、わたしのメッセージをとどけてもらいたいのだ。すでに準備はととのっている。上司に伝えてくれ……かならず提案どおりに動いてほしいと。さもなければ、この先どのような結果になっても、いっさい責任は負えない。メッセージの内容を、ただちに実行してもらいたいのだ」

ヘイリン・クラットは身じろぎもせず耳をかたむけていた。レジナルド・ブルごときが独裁者カサルに指示をあたえるとは、許しがたい。だが、副官としては、ただ託されたメッセージを伝えるだけだ。

細胞活性装置保持者はポケットからちいさな物体をとりだした。なかには、目の前のテーブルに置かれたのと同じようなマイクロ・リールがはいっている。

「とりあつかいには充分に気をつけてくれ」と、ヘイリン・クラットに注意をうながす。

「このデータを再度つくるのはひと苦労だから」

使命が終わったと考えた副官は、挨拶もせず宿舎を出ていく。まもなく、高性能グライダー一機が北西に向かって飛びたった。

＊

レジナルド・ブルはその場の全員から質問ぜめにあった。トレヴォル・カサルに宛てたメッセージについて、だれも事前に聞かされていなかったから。だが、ブリーは断固としてはねつけた。

「話しても意味がない。それどころか、危険ですらある」

だれもその言葉を信じようとしない。アイアンサイドはブルの秘密主義を非難した。それでも不死者は態度を変えることなく、シルヴィア・デミスターとジュピエ・テルマアルにカサルから入手したデータを分析するよう命じた。これでひとまずメッセージへの関心はそれた。不可解な通信の内容をみずからの目でたしかめようと、数名が計算センターに向かう。

分析は夜を徹してつづけられたが、空が白みはじめてもなにひとつ判明しなかった。もっとも重要な成果として、ジュピエ・テルマアルが見つけたビット・データと同じパターンがいくつかふくまれていたと判明したものの、それがなにをしめすかはわからない。

一方、地球ではふたたび不穏な空気が支配していた。避難船団の誇り高き超弩級艦が火の玉と化し、人類の半数がその目撃者となったのだから。いまや、救出作戦そのものが危ぶまれる。政府発表によれば、今回の百八隻の損失は危機的なものではなく、現在、一隻で二十億人以上を輸送できる宇宙船の建造が進んでいるという。だが、人々にとり、そのうちの一隻でも完成したかどうかは疑問であった。夜空にはまだなにも見えないのだから。

アフィリカーたちはふたたび死の恐怖に見舞われた。不安にかられた一部市民が暴動を起こし、政府が武力で制圧する……その無意味な流血劇がくりかえされると予想された。避難計画が公表される前は日常茶飯事《さはんじ》だったのだから。

ところが、実際はまったくべつの展開となった。大都市のスラム街のはずれで、〝ピル〟をあつかう売人の数が膨れあがったのだ。一時間ごとに十倍という増え方である。一夜にしてひろがったその勢いに、だれもが驚いた。まず都市部で、のちには郊外で、〝ピル〟が売られているというニュースが野火のようにひろまる。この謎の薬物は出まわってわずか数週間でかなりの評判となった。人々は死の恐怖を忘れるため、手にはいるかぎりの錠剤をひたすらもとめたもの。

その結果、数百万どころか数十億の錠剤が売られ、たちまち影響があらわれた。通りにも広場にも市民があふれ、空を見あげたまま立ちつくす。そこに、言葉を失うほどのよろこびをもたらすものが見えるかのように。

一方、すでに錠剤に〝免疫〟を持つ者はまったく違う反応をしめした。恍惚状態におちいるのでなく、明るく活動的になったのだ。アフィリー化状態をぬけだし、これまで知らなかったよろこび、幸せ、満足といった感情に気づく。それだけではない。嘆き、不安、嫌悪までも感じた。つまり、ふつうの人間にもどったわけだ。職場を放棄して道ばたで空を見あげることもない。錠剤の効果はゆっくりとおだやかにあらわれ、だれかが名づけた〝新人類の感覚〟が、人々を驚かすことなく慎重に築かれていく。

錠剤が予想外の速さでひろまったため、アフィリー政府の治安当局が動いた。売人をひとまとめに追いたて、投獄したのだ。だが、その後すぐに、逮捕を命じた指令そのものが無効となったことが判明。テラニア・シティから違う指令がとどいたからである。指令を変更する前、トレヴォル・カサルはジレンマにおちいっていた。地球上で流血の叛乱がひろがるのを許すか、あるいは反アフィリー化錠剤を大目に見るか。独裁者は後者を選んだ。投獄された売人の釈放が決まる。結局、政府は〝ピル〟売買の禁止を断念したのだ。

ヘイリン・クラットが〝北のタイガー・リリー〟を訪問した数日後、レジナルド・ブルのもとにテラニア・シティの伝令から荷物がとどいた。それは携帯容器で、なかには未知の機能を持つ装置がはいっている。興味津々《きょうみしんしん》でブルに質問を浴びせる者がいたが、答えはなかった。この謎めいた装置を見た者は〝コード発信機の一種〟と思ったらしい。そのほか判明したことといえば、荷物をうけとったレジナルド・ブルが上機嫌になったことだけだ。

こうして、一週間が経過。人類の大半は〝ピル〟の影響下で幸福感を味わっている。テラニア・シティ政府は沈黙を守り、〝北のタイガー・リリー〟は避難船の建造に集中した。計算機室ではジュピエ・テルマアル配下の歩哨が昼夜を問わず警備にあたる。ラファエルの行動は相いかわらず謎めいているが、あの悲惨な事故にもかかわらず、結局はすべてがうまくいくかのように見えた。

迫りくる危険を予測する者はいない……ただひとり、レジナルド・ブルをのぞいては。奇妙なことに、この工廠内には〝ピル〟が出まわらない。近郊の多くの町では、売人千人が上得意を見つけられるほどの市場があるのだが。〝北のタイガー・リリー〟はまだ汚染されていないようだ。

しかし、ブルにはすぐにわかった。ある朝、ジュピエ・テルマアルが満面の笑みで宿舎にあらわれる。ついに〝ピル〟はここまでひろがったのだ。

ジュピエはデスクの手前まで進むと、感激したように報告。

「また、見つけましたよ……」

＊

「なにを見つけたって、ジュピエ？」レジナルド・ブルが親しみをこめて応じる。

「例のビット・コードです！」

「すでに記憶装置から消去したパターンか？」

「はい……そのとおりです！」

「で、どこからはいりこんだ？」

「通信を感知したのです。一瞬のことでして、せいぜい一ミリ秒でしょうか。さらに一ミリ秒後、弱いエコーを受信しました。最初の通信がどこかでケーブルに受信され、そのケーブルを経由して計算機内にはいりこんだようです」

不可解なビット・コードがふたたび見つかったというのに、細胞活性装置保持者は意外にも興味をしめさない。いきなり話題を変え、

「どこで〝ピル〟を手にいれたのだ、ジュピエ？」と、たずねる。

「工廠の売人から！」相手はにっこりと答えた。「数錠を入手しました」

「で、ほかのメンバーは？」

「もちろん全員です！」ブリーの驚いたようすに、あわてて否定する。「いえ……道ばたに立って空を仰ぐ者はひとりもいませんよ！　奇妙なことに、全員すでに〝ピル〟に

対する免疫を持つようで。いずれにせよ、ここでは二次的反応が見られるだけです！」

レジナルド・ブルは数秒ほどこの言葉を反芻し、

「おそらく、そこには納得できる理由がある」と、謎めいた言葉を口にした。

「は……それからもうひとつ」と、ジュピエ。「われわれ、ここを出ていきたいのですが」

「出ていく？」ブリーは驚いてくりかえした。「だれが？」

ジュピエは手をひろげてつつみこむようなジェスチャーをすると、

「われわれ全員です。カタストロフィの恐れがありますから。ここにとどまれば、おそらく命が危険にさらされるでしょう」

「だれがそういったのだ？」

「アミレスです。売人のなかでもいちばんの情報通でして。モンテレー出身ですが、そこで〝北のタイガー・リリー〟がまもなく爆発するという噂を耳にしたとか」

レジナルド・ブルはうなずいた。

「では、ただちに去るのだな。みすみす危険な目にあう必要はない」

「きっと理解してくださると思いました」ジュピエ・テルマアルがにっこりした。「ほかの連中はあなたと交渉するのを恐れていましたが、わたしはいったもの。ブリーは話のわかる男だ、ただ理性的に話せばいいと。わたしは正しかった！」

「そう、きみは正しかった。で、いつ出ていくつもりだ？」

「すぐにでも」と、アフィリカー。「あとはあなたの決定を待つだけです」

「だが、わたしがどう決定を下そうと、出ていくつもりだったのだろう？　違うか？」

ジュピエはしばらく口をつぐみ、答えをためらった。まぎれもなく、〝ピル〟によって非アフィリー化されている。やがて、つぶやくように、

「ええ、おそらく。アミレスのいうことに間違いはありませんから。やつを信じない者はひとりもいません」それから、とりつくろうようにつけくわえる。「ですが、われわれは無秩序でだらしのない連中とは違う！　マシンのスイッチは切っていくので、心配にはおよびませんよ。〝北のタイガー・リリー〟がターフォンのように吹っとぶことはありません」

「もういい、ジュピエ」と、レジナルド・ブルがほほえんだ。「きみたちがきちんと後始末をしていくことはわかっている。元気でな！」

＊

ほとんどのメンバーが工廠を出ていったあと、シルヴィア・デミスターがブリーの宿舎に駆けつけた。彼女がドアを開けたままにしたので、ひとりではないとわかる。案の定、うしろから慎重な足どりでアイアンサイドが近づいてきた。

「なにが起きたのです?」と、シルヴィア。「全員、出ていきました! ひきとめようとしたのですが、あなたの許可を得たというのです」

「そのとおり」と、ブル。「ジュピエが、いわば交渉役としてここにきた。メンバーがおびえていると。工廠にこれ以上のこれば、命が危険だそうだ」

神父は室内にはいってくると、

「連中はなにを恐れているので？」と、口をはさむ。

「カタストロフィだ。工廠が爆発するとか、しないとか」

「ばかげているわ！」シルヴィアが怒りをあらわに、「なぜ、それがわかるの？」

「アミレスがいったらしい」

シルヴィアとアイアンサイドはいぶかしげにブルを見つめた。

「モンテレー出身の売人だそうだ」

「その男はどこにいるのですか？」と、シルヴィア。「つかまえないと！」

レジナルド・ブルはかぶりを振った。

「つかまえようとしても、どうにもならない」

「なぜです？　発言を撤回させれば……」

「そもそも、そういう男は存在しないはず！」

シルヴィアは口をつぐんだ。神父はブルの謎めいた発言をまず反芻し、いつものおだやかな口調で告げる。

「どうやら、われわれには話したくない秘密をお持ちのようですな。きっと、それなりの理由があるにちがいない。だが、これだけは確認させてください。ご自分の責任を承知のうえでしょうな！　アミレスとやらがいうカタストロフィを信じるのですか？」

「ああ」ブリーがそっけなく応じた。

「で、われわれ、それに対してなにもできないと？」

「カタストロフィを避けるのは可能だが……そうしたところで、もうこの工廠は運転できない。つまり、結果は同じこと」

「いずれにせよ結果が同じなら、なぜ秘密にするのかわかりませんな」

「説明するのはむずかしい」と、細胞活性装置保持者。「これから、非常に手ごわい敵と対峙しなければならないのだ。いまのところ、相手の出方は把握しているつもりだが、もしそれについて話せば、こちらが敵の計画をわかっていると知られてしまう。その結果、二度と予想できない戦術に変えてくるだろう」

アイアンサイドは信じられないといった顔でブルを見つめた。

「盗聴されずに相談できる場所はないので？」

「わたしには思いつかない」と、ブル。「ある意味で、敵はどこにでもいるといえるからな」

ふたたび短い沈黙が支配した。やがて、シルヴィアが口をひらく。

「これからどうするのです？　なにかが起きるまで座視するつもりですか？」

「きみたちにいっておくが」と、ブリー。「可及的すみやかに工廠を立ちさるのだ」

「あなたは？」

「ここにとどまる！　目撃者として最後まで見とどけたい！」

シルヴィアはアイアンサイドを意味ありげに見つめた。神父はそれを理解し、角ばった顔ににやりと笑みを浮かべる。

「せっかくの楽しみをじゃまするようで申しわけありません。唯一の目撃者になりたいのはわかりますが、われわれも好奇心旺盛なもので。閣下ひとりを置いていくわけにはいきません！」

「命を粗末にしてはならない！」と、国家元帥。

「閣下ほどではありませんぞ」と、アイアンサイドが応じた。

「セルジオとオリヴェイロも、あなたを置き去りにするはずがないわ」と、シルヴィア。

「置き去りにするしないの問題ではない」と、ブルが反論。「ここはおそらく、かなり厄介な状態になるだろう。きみたちを危険に巻きこみたくないのだ」

シルヴィアは生意気そうに笑うと、いった。

「拒否します……サー！」

レジナルド・ブルは立ちあがり、

「思ったとおり、強情だな。本当にここにとどまるつもりなら、いくつか準備を手伝ってもらおう」

7

工廠のひろい敷地内に人影はなく、巨大なマシンは沈黙している。最後に生産されたラファエル設計の巨船セグメントはすでに搬出された。鉄プラズマは不要となり、貨物グライダーの往来もない。

中央ポジトロニクスにつづくトンネル二本の入口付近に、グライダーが待機していた。パイロットのセルジオ・パーセラーとオリヴェイロ・サンタレムは、十八時にエンジンを作動。これでいつでも発進できる。ほかにレジナルド・ブルの側近でのこったのは、シルヴィア・デミスターひとりである。のこりのメンバーはすでに工廠から撤退していた。ある者はしぶしぶ、ある者はほっとしながら。大あわてで出ていったのは小心者のランジート・シンだ。危機が迫っていると聞いたとたん、もう終わりだとおびえていたもの。

アイアンサイドも残留した。万一〝北のタイガー・リリー〟で落命したときのため、通信で指示を送ってある。たとえ自分の身になにがあろうと、〝信仰の論理〟の未来は明るい。メンバーたちはすでに、ともに協力することがみずからの利益になると学んだのだから。

恒星が沈むと、レジナルド・ブル、アイアンサイド、シルヴィア・デミスターは西側のトンネル入口から計算機室に向かった。はいる前にラファエルの姿を探したが、見つからない。

「不安を感じて消えたのかも」シルヴィアが小ばかにしたようにいった。

「それはないだろう」と、ブリー。「臆病者とは思えない」

「だったら、どこにいるのです？」

ブルはその問いに対して、謎めいた口調で答えた。

「ラファエルのような男の居場所を特定するのは、なによりむずかしい」

地下の計算機室にはいると、まず歩哨が放置していった機器を調べる。異常はない。歩哨は休むための椅子を数脚持ちこんでいた。レジナルド・ブルはそのひとつに腰かけ、足を伸ばす。シルヴィアもそれにならった。

「これから待つのですな？」神父がたずねる。

「そのつもりだ」と、ブリー。

「かならずなにかが起こると？」

「そう確信している。ただ、いつ起こるかはわからないが」

「ここで待っても、むだになるかもしれない？」

「その可能性はある」

アイアンサイドは椅子のひとつに腰をおろすと、

「わたしは秘密に慣れています。とはいえ、それは神に関するもの」と、不服そうにいった。「あなたは人間だ。もうすこしオープンになってもいいのでは？」

そのとき、奇妙なことが起こった。メンバーが退去するさい、ポジトロニクスのスイッチは切っていったはず。それが突然、オンになったのだ。ちいさく鋭い作動音が部屋を満たし、一連のコントロール・ランプが色とりどりに光る。

「なにごと？」シルヴィアが驚いて声をあげる。「だれがスイッチをいれたの？」

「〝敵〟さ」レジナルド・ブルが答えた。「アイアンサイド、いまこそ、きみの望んだときだ。秘密が明らかになるぞ！」

不死者は立ちあがり、制御パネルに近づいた。そして、オレンジ色の光で区別されたメインスイッチを平手でたたく。機械はただちに停止し、ランプも消えた。ブルはそれを見とどけると、椅子にもどった。右手のテーブル上に計測機器の大部分がある。ジュピエ・テルマアルの指示で歩哨が設置したもの。そのうちのひとつは小型映像装置だ。

突然、そのスクリーンが輝き、一連の文字が出現。ブルは前屈みになり、それを読んだ。

警告！　〝成就の計画〟を妨害してはならない！

ポジトロニクスがふたたび作動しはじめる。

＊

シルヴィアとアイアンサイドも、スクリーンにあらわれた警告を読む。文字は一分もすると消えた。

「〝成就の計画〟ですって？」シルヴィアがつぶやいた。「なんのことかしら？」

「わたしもはじめて聞いた」と、レジナルド・ブルが応じた。「どこか崇高な響きがなくもないがね」

「辛辣な口調ですな」神父が口をはさむ。

「辛辣にもなるさ。敵は〝成就〟という言葉をみずから口にしておきながら、その意味をまったく理解していないのだから」

「あなたの話は相いかわらず謎ですね」と、神父が不平をもらした。「ポジトロニクスが突然に作動したのはなぜでしょう？」

「生産を開始するためだ」と、ブリー。

「生産？　なにを生産するというのです？　原料もなければ、監視する人間もいないのに……」

「まさに！」ブルがさえぎった。「ターフォンを思いだすのだ！」

驚きのあまり、アイアンサイド神父は目を見開いた。

「つまり、〝北のタイガー・リリー〟もターフォン工廠のように破壊されると？」

「そう予想している。なぜだかわかるか？」

「わたしには……わかりません」と、アイアンサイド。「〝北のタイガー・リリー〟はラファエルが提案した巨船を生産できる唯一の工廠です。ここが破壊されれば、避難は不可能に……」

「ターフォンとアタカマ！」シルヴィアが悲鳴のような声をあげた。「ギャラクシス級艦船が破壊されたと思ったら、こんどは〝北のタイガー・リリー〟！　だれかが人類の避難をじゃましようとしているんだわ！」

「そのとおり」レジナルド・ブルが力強く肯定した。「敵は最初からそのつもりだった。〝成就の計画〟と呼ばれる作戦を進めてきたのだ……人類の地球脱出を阻止するために」

「そんな計画がなんだっていうの！」シルヴィアは叫び、跳びあがった。「われわれ、まだ負けたわけではないわ。思いどおりにはさせない……」

「どうするつもりだ？」ブルがたずねた。

彼女は制御パネルをさししめし、

「もう一度、スイッチを切ります！」

「慎重にな！」と、注意をうながす。

ブルの言葉に衝動をおさえたシルヴィアは、おそるおそる制御パネルに近づいた。手を伸ばし、オレンジ色のスイッチに触れようとする。その瞬間、硬く乾いた破裂音が聞こえた。スイッチは刺すような閃光をはなち、粉々に砕ける。

破片がシルヴィアの頬をかすめた。あわてて跳びのくと、声をしぼりだすように、

「なに……どうしたの？　まだ触れてもいないのに！」

「見えない計画立案者は、身を守る方法を知っているということ」と、ブリー。「前にもいったが、敵はこちらの手のうちを熟知している。些細な秘密まで知っているのだ」

シルヴィアはふたたび、怒りにかられた。頬のちいさな傷の血を拭い、平手でベルトをたたく。

「べつの方法をとるまでだわ」と、低い声でいった。

「なにを考えているかは想像がつくが」レジナルド・ブルがいう。「先ほどと同様、うまくいかないだろう」

「許可を！」

「いつでもいいぞ！」

その返事を聞くと同時に、女はベルトの武器に手を伸ばした。銃把を握り、そのままぬく。いつもの動作である。しかし、銃をかまえた瞬間、突然叫び声をあげた。腕がとまり、からだが半回転する。まるで、銃がはげしい痛みをもたらすかのように。耐えられずに手を開くと、ブラスターが音をたてて床に落ちた。

シルヴィアは驚きに身をすくめ、おのれの手をじっと見つめた。てのひらにはちいさな赤い点がひとつ浮かんでいるだけで、とりたてて異常はない。顔が血の気《ちけ》を失い、目が大きく見開かれる。

「いまのは……なんだったの？」と、うめくようにつぶやいた。

「エネルギーのようだな」レジナルド・ブルが応じる。

その答えに合点《がてん》がいかず、シルヴィアは驚きの目でアイアンサイドを見つめた。どうやら、神父もわけがわからないようだ。

「なにが起きているのです？」神父がブリーに向きなおってたずねた。「なぜ……このようなことが？」

不死者は立ちあがると、

「先ほどいったように、立案者は身を守るすべを知っているのだ。計画の妨害を看過するつもりはないらしい」

「どうやって？」アイアンサイドがさらに迫る。「なぜ、ブラスターが突然エネルギーをおびたのですか？」

ブリーはからかうように相手をみつめ、

「この部屋に協力者がいるのだろう。立案者の手先が」

＊

レジナルド・ブルは神父の反応を待つことなく、左手をあげ、手首のマイクロカムを口もとに近づけた。

「サンタレム、パーセラー……外のようすはどうだ？」

まず、セルジオ・パーセラーの興奮した声が返ってくる。

「大変です、サー。コンヴァーターのスイッチがはいり、動きだしました。生成するものもないのに。それで、成型フィールドが発生して……！」

「こちらも同じです」オリヴェイロ・サンタレムが補足。

「状況報告をおこたるな」と、ブリーが命じる。「成型フィールドは危険だ。からの状態で作動すれば、たがいに圧縮しあい、フィールド自体を成型してしまうことになる。過剰なエネルギーがくわわり、最終的には爆発するにちがいない」

「爆発ですか、サー？」サンタレムが不安そうにたずねた。

「そうだ、爆発する。まもなくフィールドが変色するはず。青みがかってきたら、あぶない。すぐに立ちさらなければ」

「了解」と、セルジオ・パーセラー。「注意します」

レジナルド・ブルはマイクロカムのスイッチを切った。アイアンサイドとシルヴィアが問うように見つめる。

「先ほど〝協力者〟といいましたが」神父が話を再開。

「そのとおり、そろそろ、やつを誘いだす時間だ」

「誘いだす……？」

細胞活性装置保持者は答えずに、

「遅くとも一時間後には工廠が爆発する。心づもりをするように。そのときがくれば、ほとんど余裕はないだろうから」

「なぜ、いますぐ逃げないのですか？」ショックから立ちなおったシルヴィアがたずねた。

「もうしばらく、待ちたいのだ」ブリーが答えた。

「考えてみたのですが」アイアンサイドが口をはさむ。「わたしは技術に関しては素人です。それでも、いくつかのことがはっきりしてきました。あなたはいいましたね。敵は非常に強力で、いたるところに遍在し、テラの技術に精通していると」

「たしかに」

「さらに、〝成就〟について語っておきながら、それをまったく理解していないと」

「きみの記憶力はたいしたものだな、神父！」

「カタストロフィを避ける手段はあるが、最終的にはなにも変わらない。これ以上〝北のタイガー・リリー〟で生産をつづけるのは不可能だ……そうもいいましたね？」

「そのとおりだ」

「あなたがカサルに宛てたメッセージ。そして、つい最近うけとった荷物。これらは今回の件と関係があるのですね？　独裁者はあなたの提案をうけいれ、この未知なる敵に対抗する手段を提供したにちがいない。

敵は外界からやってくる。おそらく、あなたは敵が地球に侵入するのを防ぐ方法を知っているのでしょう。だが、そうすれば工廠も生産不能となる……しかも、工廠だけでなく、地球上の多くの施設も同様に機能を停止する。違いますか？」

レジナルド・ブルは神父の言葉に耳をかたむけ、

「核心に迫っているぞ、アイアンサイド！」と、先をうながした。

「なんの話か、だれか説明して！」シルヴィアが文句をいう。

「この場合」神父はかまわずに話をつづけた。「〝未知なる敵〟というのは適切な表現ではないと思いますが」

「相手の意図がまったく理解できないのだ」ブリーが反論。「われわれ、避難船団を建造することでアフィリー政府と合意した。とはいえ、避難の必要はないとわかっている。人類は〝喉〟に墜落しても生きのびるだろう。それでも、船団の建造には意味があった。人々の不安を和らげ、たがいに傷つけあうのをやめさせたのだからな。だが、この未知なる者はそれを阻止しようとしている。充分な理由があるのかもしれないが、真意を明かそうとはしない。こうした相手をなんと呼べばいいのか？　〝敵〟としかいいようがあるまい……たとえ善意を持っていたとしても」

「なんについて話しているの？」シルヴィアが語気を強めてふたたび聞いた。

アイアンサイドは彼女に向きなおり、

「ある存在についてだ。その力の前には、われわれ、ほとんどなすすべがない」

「だれのこと？」

神父はレジナルド・ブルに視線をうつす。不死者はうなずき、

「教えてやれ」と、いった。

「テラ技術の表も裏も知りつくしている存在……それだけではない。技術そのものであり、あらゆる場面に遍在している」と、アイアンサイド。

「それは、だれ？」シルヴィアはもう一度たずねた。

「ネーサンだ」

その名の響きがまだ室内にのこっているうちに、奇妙な現象が起きた。レジナルド・ブルは視界の片すみでなにかが動くのに気づいた。シルヴィアは唖然としてアイアンサイドを見つめたまま、たったいま聞いた話を理解しようとつとめている。ブリーはゆっくりと振り向いた。

予想どおり、東側トンネルの入口付近にその姿があった。ラファエルがだれにも気づかれないうちに、そこに立っていたのだ。

*

「最終章の開幕だな！」不死者はくぐもった声で告げた。

神父とシルヴィアが視線を向ける。ラファエルはゆっくりとこちらに近づき、

「あなたの言葉を聞きました。避けがたいものにしたがう、ということですね」

「無条件にではないが」と、レジナルド・ブル。

「きみは……」アイアンサイドが声をしぼりだす。「ずっと知っていたのか？」

「もちろん、知っていたとも！」ブルがかわりに叫んだ。「やつは執行人だ。ターフォンが破壊された直後にあらわれ、巨船の設計図を持ってきた。ネーサンが設計したものだ。その結果、当初の計画は白紙にもどり、新しい巨船の建造に専念することになった……〝北のタイガー・リリー〟一カ所だけで。つまり、この工廠さえ潰滅すれば、人類

の避難計画は最終的に破綻し、目的が達せられる。そんなところだろう、ラファエル?」

ラファエルは黙ってうなずいた。

「ネーサンにとり、コンヴァーターをサジド法に変更するなど朝飯前だ。史料を改竄《かいざん》し、第二次遺伝子危機のさいに〝北のタイガー・リリー〟にサジド・コンヴァーターが設置されたと思わせるのも、たやすいこと」

不死者は謎の男を見つめ、

「ただ、ひとつだけわからない。きみは何者なのだ?」

ラファエルが口を開く前に、ブルのマイクロカムがうなった。セルジオ・パーセラーの興奮した声が飛びこんでくる。

「成型フィールドの圧力が大きくなりました、サー。色はイエローからグリーンです」

「了解した、セルジオ」ブリーが応じた。「対抗処置がとれるかどうか、やってみよう」

ブルは椅子の向こう側に立ってなにかはじめた。からだの一部が背もたれにかくれているため、よく見えないが、その場の全員が気づいたときには、コード発信機をとりだしていた。数日前にテラニア・シティからうけとったものである。

「いまだ!」決心したように叫び、スイッチをいれた。

＊

不死者はちいさな装置を勝ち誇ったように高々とかかげた。アイアンサイドとシルヴィアが驚いて見つめる。このとき、だれもラファエルに注意していなかった。

「これがわたしの秘密兵器だ」と、ブリー。「ネーサンはルナの地中深くに設置されており、月面上にある二十四の通信センターを通じて地球と接続する。かつて有能な設計者のひとりが、この通信センターをネーサンの影響下に置かないようにした。こうして、ネーサンと地球との接続をいつでも断ちきることが可能になったのだ」

そういって、コード発信機をさししめし、

「カサルはわたしの指示で通信センターに細工し、このスイッチを使って接続が切れるようにした。それをいま、押したのさ……」

その瞬間、シルヴィアの驚愕の叫び声が話をさえぎった。ブルは振り返り、彼女の手がさししめす方向を見る。

「ラファエルが！」

謎の男がみるみるうちに、透明になっていく。輪郭がぼやけ、その顔は苦痛にゆがんでいる。

「そんなことをしても、むだだ……」と、うつろな声が響く。「〝成就の計画〟はなしとげられる……その秘密は……」

男の声は急速に弱まり、やがて聞こえなくなった。その姿は幽霊のように実体がない。霧のように見える片手をあげ、手を振るしぐさをしたと思うと、ついに消滅。

のこされた三人は呆然とした顔でたがいを見やる。ただ、レジナルド・ブルだけは冷静さを失わずに、告げた。

「これで多くの説明がつく。そう思わないか？　だれにも気づかれずに消え、虚無からあらわれたことも、知らないうちにこの部屋に近づいたことも。やつがメインスイッチを破壊し、シルヴィアのブラスターに細工したのだ」

「ラファエルが……？」シルヴィアがしずかにたずねる。

「そう、ラファエルだ」ブリーがうなずいた。「ネーサンの創造物……人間のかたちをしたエネルギーの産物。たったいま、主人である〝創造主〟との接続を絶たれ、消えさったのだ」

マイクロカムがふたたびうなり、オリヴェイロ・サンタレムが叫ぶ。「気のせいかもしれませんが……成型フィールドが青みがかってきたように見えます」

「まちがいありません！」トンネルの反対側に待機するセルジオ・パーセラーが同調。

「危険です！」と、

「そうか、むだだったか」レジナルド・ブルは自分にいいきかせるように、「ラファエルがいったとおりだ。ネーサンの指示がなくとも、工程は進行する！」

マイクロカムを口もとにひきよせると、

「サンタレム、ただちに退却せよ！ パーセラー、われわれもすぐそちらに向かう！」

アイアンサイド、シルヴィア、ブリーは一目散にトンネルの東側入口めがけて走る。

三十秒もたたないうちに、セルジオのグライダーが待機しているのが見えた。ハッチは開いている。

レジナルド・ブルはふたりのあとからグライダーに跳び乗ると、

「出発だ！」と、セルジオに大声で指示。

グライダーは急上昇し、東に向かった。〝北のタイガー・リリー〟の敷地上空では成型フィールドがブルーグリーンに輝いている。数分後、爆発音が轟いた。青い核の炎が重なりあうように夜空をのぼっていく。すぐに煮えたぎるような熱風がグライダーを襲い、振動させた。セルジオはすかさず機体を岩壁の陰に滑りこませ、やりすごす。

〝北のタイガー・リリー〟はもう存在しない。

ネーサンはみずからの意志を貫きとおした。

避難船団の夢ははかなく消えさったのである。

＊

レジナルド・ブル一行はまわり道をして上海にたどりついた。〝北のタイガー・リリー〟の破壊と同時に、アフィリー政府と〝信仰の論理〟の契約は失効。以前の敵対関係にもどったからである。それを思い知ったのは、モンテレーからシアトルに向かう便を予約しようとしたときだ。K＝2が待ちうけており、振りきるのに苦労した。

とはいえ、アフィリカー幹部はこれからしばらく、ほかの問題の対処に追われるだろう。ネーサンと地球を結ぶ通信センターの接続が切れ、大きな影響をうけたためである。地球は一種のカオスにおちいった。それまでは、月のインポトロニクスがいかにテラ技術と結びついているか、ほとんど認識されていなかったもの。しかし、いまではだれの目にも明らかだ。交通機関は麻痺し、自動生産工場は活動を停止し、気候コントロールも作動せず、混乱そのものである。それに乗じたブル一行は、〝北のタイガー・リリー〟から上海のスラム街までほとんど妨害をうけずに到達。通信センターは数日後に復旧し、テラには徐々に静けさがもどってきた。

アフィリー政府はひきつづき、人類の避難計画を強力に推進していると声明を発表。だが、人々は独裁者の言葉をもう信用しない。ある者は死の不安にさいなまれ、ある者は〝ピル〟の鎮静効果にたよりきって生活している。政府は取り締まりを再開したが、すでに錠剤は社会にすっかり根づいていた。売人をひとりつかまえるたび、あらたに五人があらわれるほどの勢いだ。〝ピル〟の生産ルートは依然として謎につつまれている。

生産工場ひとつを摘発するのもままならない。

スリマン・クラノホとその派遣団は〝北のタイガー・リリー〟の消滅後、すみやかにテラニア・シティをはなれた。トレヴォル・カサルの迫害をうけることもなく、ぶじに上海に帰還。

独裁者が今後どのような手を打つかは謎だ。人類の避難は不可能だと悟ったにちがいないが、ネーサンが真の敵であるとはおそらく気づいていないだろう。これから、どうするつもりなのか……？

レジナルド・ブルは上海のスラム街にあるターミナルを使い、インポトロニクスとの接触を試みた。数日後、ようやく回線がつながったものの、収穫はほとんどない。ネーサンは一般的な質問に対しては進んで答えたが、なぜ人類の避難を阻止するのかと聞くと、回答を拒んだ。質問自体を理解不能として、いっさいとりあわなかったのだ。

最新の計測によれば、地球は〝喉〟への墜落に向かって速度を急激に増している。人類の故郷惑星にのこされた猶予は、わずか数週間。上海の本部では相応の準備にとりかかる必要性を感じていた。

「ここにいるかぎり、われわれにできるのはただひとつ」レジナルド・ブルはみずからの見解をのべた。アイアンサイド神父、および〝信仰の論理〟のおもなメンバーとの会議の席である。「ネーサンが人類に対してなにをたくらんでいるか、探るのだ！」

あとがきにかえて

林　啓子

その昔、東大の独文科で「好きなドイツ人作家をあげよ」というアンケート調査を行なったところ、だれも聞いたことがないような作家がぞくぞくと上位に名を連ねたそうだ。教授陣は首を傾げた。シェール、ダールトン、マール、フォルツ、エーヴェルス……いわずもがな、ローダン・ファンにはおなじみの作家ばかりである。これは何年か前に、恩師である岩淵達治先生から伺った本当の話。

まだパソコンも普及していない時代のことだ。いまでこそ、わからないことは容易にネット検索できる便利な世の中だが、当時、学生に聞くにも聞けず、先生たちは必死に文献をあたったのかもしれない。独文の大家の名にかけて。

訳者として好きなローダン作家を順にあげるとすれば、フォルツ、マール、フランシス、エーヴェルス、ヴルチェクといったところか。シェールやダールトンが欠けているのは、申し訳ないことにほとんど原文を読んだことがないせいだ。ローダンの作家は個性派ぞろいで、訳していても毎回楽しい。唯一の天敵をのぞいて……

この巻の前篇で初登場のハーヴェイ・パットン氏とも、波長が合いそうな気がした。本名ハンス・ペシュケ。〝SFの平和主義者〟と呼ばれた同氏は、残念ながらヘフトでは今回かぎりのゲスト作家だそうだ。ネット上のにこやかな写真を拝見するかぎり、穏やかな紳士といった印象を受ける。本当はこの場をお借りして紹介するべきところ、すでに三五七巻『《ソル》の子供たち』の「あとがきにかえて」で五十嵐氏がご紹介くださったので、詳しくはそちらをご参照いただきたい。

ペリー・ローダンを知らないドイツ人はいない。そう豪語されるほど、ドイツでは有名な小説のようだ。たしかに、知人、同僚のだれに聞いても知っている。さすがに若者世代は直接読んだことがなくても、「パパが大ファン」だったりする。

勤務先のドイツ人副社長も、じつは〝かくれ〟ローダン・ファンだった。本人はかくれたつもりなどないだろうが、転職して二年半が経過したころ、ようやくそれがわかったのだ。

あれは去年のハロウィンのこと。会議室を飾りつけてのランチ・パーティに飛び入り参加した副社長と、好きな作家話をきっかけにローダン談義で盛りあがった。とりわけ

「わが天敵、クナイフェル」のくだりでは、積年の恨み……いえ、翻訳の苦労を切々と訴えたところ、なぜか大うけだった。本人はいたって真剣に話したつもりなのだが。「だいじょうぶ。ドイツ人の僕にも謎だから」しまいには、そうなぐさめられたもの。

その席でも、おなじみの質問が飛んできた。なぜ英語から直接訳さないのかと。以前、赤坂桃子氏も「あとがきにかえて」で書いていらしたが、じつに多くのドイツ人が「オリジナルの英語からドイツ語に翻訳されたローダンを読んでいる」と、錯覚している。みごとに〝アメリカで書かれたSF小説のような〟という版元の戦略に乗せられているわけだ。

だれもが〝英語風に〟ペリー・ローダンと発音し、議論好きな同僚にいたっては、作家の名前がドイツ人らしくないなどともっともらしい論拠をあげて、説得にかかってくる。あまりの迫力に、しまいには錯覚しているのはこっちのような気がしてくるから不思議だ。そうか、本当は英語が原文だったのか、ローダン……

ドイツ人の議論好きは有名だが、実際にデスクをならべて接してみると、まさにそのとおりだと頷ける。昼休みも職場のあちらこちらで、たちまち議論の華が咲く。やたらエキサイトしているグループに、耳を傾けてみれば……なんのことはない。おにぎりの種類について、熱く語っていたりする。なんといっても、下北沢の〝ニックンロール〟

こと肉巻きおにぎりが絶妙だそうだ。

議論好きは、なにもドイツ人だけとはかぎらない。向こうのデスクでは、フランス人が集まり、なにやら白熱した意見を戦わせている。格調高きフランス語の威力はすごい。内容はわからなくともそれだけで、まるで会社の一大事を真剣に話し合っているように聞こえてしまう。もしかしたら、「ロールケーキなら、〝自由が丘ロール〟がトレ・ビアン!」と、いった話かもしれないのに。

転職した当初、何よりも大変なのは飲み会だった。周囲には日本語が話せない、あるいは日本語よりも英語のほうが得意な同僚が多いため、自然と宴会の最中も英語となり、それが延々と何時間もつづく。慣れないころは疲れ果て、死ぬかと思った。ふだんは理路整然と話す上司も、酔うとたちまち支離滅裂になる。ただでさえ周囲は騒がしく、余計に聞きとりづらい。そして、話題があちこちに飛び……会議のときよりも真剣に聞いていないと、ついていけない。油断すれば、「で、けいこはどう思う?」と、すぐに意見を求めてくる。酔っ払いのぶんざいで。

アルコールの量も半端じゃない。オール・ユー・キャン・ドリンク、いわゆる〝飲み放題〟でないと、最後には恐る恐る会計を待つはめになる。

この〝地獄の英語特訓〟のような飲み会にも、最近ようやく慣れてきた。ポイントは、まじめに聞かないこと。どうせ相手も酔っ払いなのだから、適当に相槌を打ち、いいたい放題いってやればいいのだ。楽しければそれでいい。とうとう、わたしも悟りの境地にいたったようだ。

もうひとつ、職場環境が変わって苦労したことがある。これまで長い間耐え忍んできたオヤジ・ギャグからようやく解放され、ほっとしたのもつかのま。いまは、さらにそのうえをいく外国人特有の〝どこでもいきなりジョーク〟にやられている。真剣な打ち合わせの最中に、とつぜん真顔でジョークを飛ばしたりするので、まずこれが本当に冗談なのかを見きわめるところからはじめなければならない。せめて、「ここからはジョークだよ」というサインくらいは、さりげなく出してほしいもの。キユーピー人形似のわが上司も、朝からよくジョークをいってボケるのだが、こちらのツッコミがもの足りないと、しかたなく〝ひとりボケ・ツッコミ〟がはじまる。それが忍びないのだが、はたしてどこまで切りかえしていいものか、微妙なラインがつかめない。いまだに手探り状態なのだ。かれらとは笑いのツボが違うせいかもしれない。前述のごとく、いたって真面目に話したことが、大うけしたりするのだから。

どうやら、地道に日々鍛錬を積んでいくしかないようだ。寒いオヤジ・ギャグが妙に懐かしい今日この頃である。

最後にもうひとつ。これは不思議に思っていること。

会社のイントラネット上で、名前や組織図から検索できる社員名簿があり、そこには任意の顔写真を載せることができる。これは非常に便利な機能なので重宝している。ドイツ本社からの来訪者の顔を事前に確認しておくこともできるし、電話の声しか知らない相手の顔がわかれば、それだけ親しみも増すというもの。もっともテレビ会議のモニター上でも相手の顔が確認できるが、写真データのほうがより鮮明だ。

この社員名簿の顔写真だが、なぜかハリウッド・スターばりの写真が多く、実物とのギャップに驚かされる。斜めにポーズをとりながら、にっこりとほほえむ写真ばかりが目立つのだ。これも、文化の違いのせいなのだろうか。ちなみに、わたしも同僚を見習ってハリウッドばりの写真を探したが、残念ながら指名手配犯のような証明写真しか見つからず、いまのところ〝非公開〟に設定してある。

いっそのこと、成人式の写真でも公開してみるか……ドン引きされるのは承知のうえで。

アーサー・C・クラーク〈宇宙の旅〉シリーズ

2001年宇宙の旅
伊藤典夫訳

宇宙船のコンピュータHALはなぜ叛乱を起こしたのか……壮大なる未来叙事詩、開幕篇

2010年宇宙の旅
伊藤典夫訳

十年前に木星系で起こった事件の謎を究明すべく、宇宙船レオーノフ号が旅立ったが……

2061年宇宙の旅
山高 昭訳

再接近してきたハレー彗星を探査すべく彗星に着地した調査隊を待つ驚くべき事件とは？

3001年終局への旅
伊藤典夫訳

三〇〇一年、海王星の軌道付近で発見された奇妙な漂流物の正体とは……シリーズ完結篇

失われた宇宙の旅2001
伊藤典夫訳

映画製作過程で失われたオリジナル原稿をもとに描くクラーク版『2001年宇宙の旅』

ダン・シモンズ

ハイペリオン〔上下〕
〈ヒューゴー賞／ローカス賞受賞〉
酒井昭伸訳

辺境の惑星ハイペリオンを訪れた七人の巡礼者が旅の途上で語る数奇な人生の物語とは？

ハイペリオンの没落〔上下〕
〈英国ＳＦ協会賞／ローカス賞受賞〉
酒井昭伸訳

惑星ハイペリオンの時を超越した遺跡〈時間の墓標〉の謎が解明されようとしていた……

エンディミオン〔上下〕
酒井昭伸訳

〈時間の墓標〉から現われた少女アイネイアーを護衛する青年エンディミオンの冒険の旅

エンディミオンの覚醒〔上下〕
〈ローカス賞受賞〉
酒井昭伸訳

アイネイアーは使命を果たすべく、パクス支配領域への帰還を決意した……四部作完結篇

ヘリックスの孤児
〈ローカス賞受賞〉
酒井昭伸・嶋田洋一訳

〈ハイペリオン〉〈イリアム〉二大シリーズの短篇、超能力ＳＦなどを収録する傑作集。

グレッグ・イーガン

〈キャンベル記念賞受賞〉
順列都市〔上〕〔下〕
山岸 真訳
並行世界に作られた仮想都市を襲う危機……電脳空間の驚異と無限の可能性を描いた長篇

〈ヒューゴー賞／ローカス賞受賞〉
祈りの海
山岸 真編・訳
仮想環境における意識から、異様な未来までヴァラエティにとむ十一篇を収録した傑作集

〈ローカス賞受賞〉
しあわせの理由
山岸 真編・訳
人工的に感情を操作する意味を問う表題作のほか、現代ＳＦの最先端をいく傑作九篇収録

ディアスポラ
山岸 真訳
遠未来、ソフトウェア化された人類は、銀河の危機にさいして壮大な計画をもくろむが⁉

ひとりっ子
山岸 真編・訳
ナノテク、量子論など最先端の科学理論を用い、論理を極限まで突き詰めた作品群を収録

訳者略歴　獨協大学外国語学部ドイツ語学科卒，外資系メーカー勤務，通訳・翻訳家　訳書『独裁者への道』クナイフェル＆マール（早川書房刊），『えほんはしずかによむもの』ゲンメル他

HM=Hayakawa Mystery
SF=Science Fiction
JA=Japanese Author
NV=Novel
NF=Nonfiction
FT=Fantasy

宇宙英雄ローダン・シリーズ〈374〉

発信源《はつしんげん》グロソフト

〈SF1751〉

二〇一〇年四月　十　日　印刷
二〇一〇年四月十五日　発行
（定価はカバーに表示してあります）

著　者　ハーヴェイ・パットン　クルト・マール
訳　者　林《はやし》　啓《けい》　子《こ》
発行者　早川　浩
発行所　株式会社　早川書房
郵便番号　一〇一 - 〇〇四六
東京都千代田区神田多町二ノ二
電話　〇三 - 三二五二 - 三一一一（大代表）
振替　〇〇一六〇 - 三 - 四七七九九
http://www.hayakawa-online.co.jp

乱丁・落丁本は小社制作部宛お送り下さい。
送料小社負担にてお取りかえいたします。

印刷・信毎書籍印刷株式会社　製本・株式会社川島製本所
Printed and bound in Japan
ISBN978-4-15-011751-1 C0197